最強出涸らし皇子の暗躍帝位争い9

無能を演じるSSランク皇子は皇位継承戦を影から支配する

タンバ

角川スニーカー文庫

23133

目次

口絵・本文イラスト：夕薙
デザイン：atd inc.

皇族紹介

皇帝

†ヨハネス・レークス・アードラー

†ヴィルヘルム・レークス・アードラー

第一皇子。三年前に27歳で亡くなった皇太子。存命中は理想の皇太子として帝国中の期待を一身に受けており、その人気と実力から帝位争い自体が発生しなかった傑物。ヴィルヘルムの死が帝位争いの引き金となった。

†リーゼロッテ・レークス・アードラー

第一皇女。25歳。

東部国境守備軍を束ねる帝国元帥。皇族最強の姫将軍として周辺諸国から恐れられる。帝位争いには関与せず、誰が皇帝になっても元帥として仕えると宣言している。

†エリク・レークス・アードラー

第二皇子。28歳。
外務大臣を務める次期皇帝最有力候補の皇子。
文官を支持基盤とする。冷徹でリアリスト。

†ザンドラ・レークス・アードラー

第二皇女。22歳。
禁術について研究している。魔導師を支持基盤とする。
性格は皇族の中でも最も残忍。

†ゴードン・レークス・アードラー

第三皇子。26歳。
将軍職につく武闘派皇子。
武官を支持基盤とする。単純で直情的。

†トラウゴット・レークス・アードラー

第四皇子。25歳。
ダサい眼鏡が特徴の太った皇子。
文才がないのに文豪を目指している趣味人。

†先々代皇帝 グスタフ・レークス・アードラー

アルノルトの曾祖父にあたる、先々代皇帝。皇帝位を息子に譲ったあと、古代魔法の研究に没頭し、その果てに帝都を混乱に陥れた"乱帝"。

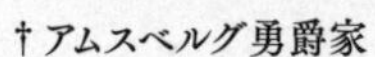
† アムスベルグ勇爵家

五百年ほど前に大陸を震撼(しんかん)させた魔王を討伐した勇者の血筋。帝国貴族の中で最も上位の存在であり、皇帝にしか膝を折らない。勇爵家の中でも才あるものだけが、伝説の聖剣・極光(アウローラ)を召喚できる。帝国を守護することを自らの役割とし、基本的に政治には参加していない。

† ルーペルト・レークス・アードラー

第十皇子。10歳。
まだ幼く、帝位争いには参加していない。性格は気弱。

† クリスタ・レークス・アードラー

第三皇女。12歳。
ほとんど感情を表に出さず、アルやレオといった特定の人間にしか懐かない。

† ヘンリック・レークス・アードラー

第九皇子。16歳。
アルノルトを見下しており、レオナルトにはライバル心を燃やしている。

† レオナルト・レークス・アードラー

第八皇子。18歳。

† アルノルト・レークス・アードラー

第七皇子。18歳。

† コンラート・レークス・アードラー

第六皇子。21歳。
ゴードンの同母弟。直情的なゴードンの弟にも拘らず、性格はアルノルトに似ている。

† カルロス・レークス・アードラー

第五皇子。23歳。
優秀と評されたことも、無能と評されたこともない平凡な皇子。しかし能力に反して夢見がちで英雄願望を持ち合わせている。

アードラシア帝国の皇帝。十三人の子供たちに帝位を争わせ、勝ち抜いた皇子に皇帝位を譲ろうとしている。広大な帝国を統治し、隙あらば領土を拡大してきた名君。

第一章　虹天玉の行方

Episode 1

1

フィーネたちが脱出路に入ったとき、外では日が落ちようとしていた。

正午から始まったゴードンの反乱は、一日では決着がつかずに明日に持ち越されつつあった。

「元帥、敵の攻めが緩みつつあります」

「日が落ちてるところで攻めには出ないか。ゴードンめ。少しは頭を使うようになったな」

リーゼは目の前の敵軍を見ながらそうつぶやく。

東門を防衛拠点としたリーゼの軍はおよそ二千。それを囲むようにして攻めるゴードンの軍はおよそ八千。

約四倍の敵の攻勢を受け止められたのは、リーゼの指揮と皇帝の周りにいた近衛騎士(このえ)たちの武勇、そして兵士の質の差。そのほか多くの条件が絡み合った結果だった。

しかし多勢に無勢であることは変わりなく、反乱に参加していない将軍たちの多くは捕らえられてしまい、帝都内での援軍も期待できない状況だった。

長引けば不利。しかし長引けば長引くほど希望も見えてくる。今はそういう不安定な状況だった。

時間が経てば兵士たちが疲弊し、綻びができる。しかし、その間に勇爵かエルナが駆けつければ状況は一変する。

そんな状況の中でゴードンは夜間の無理攻めはしなかった。

その程度で崩れるリーゼと兵士たちではないという認識と、夜間という視界が不明瞭な状況で攻めて逆襲を食らうことを恐れたからだ。

リーゼの兵は国境兵。常に守ることを意識して訓練された彼らは、夜間の戦闘でも問題なく戦える。

敵に対して一撃を加えて、包囲を突破することだってできた。

皇帝を闇に乗じて逃がせば、より有利になれる。

さらにこの反乱の旗印はゴードンである。ゴードンが倒されれば、そこですべてが終わってしまう。いくら過信気味なゴードンでもその危険を冒すことはできなかった。

敵が攻めてきたならばそれを実行しようとリーゼは思っていたが、その作戦はゴードンが待機を選択したことで使えなくなったのだ。

「どうだ？　リーゼロッテ」

「父上がいなければさっさとゴードンを奇襲して、その首を取るのですが、父上がいるので難しいですね。なので手こずっています」

「それは……すまんな……」

　暗に邪魔だと言われてヨハネスは肩を落とす。

　そんなヨハネスに対して、リーゼは逆に訊ねた。

「戦のことはお任せを。東門が拠点として機能していますし、そこに一応仙姫殿の結界もあります。問題はありません。それよりも……こういう防衛戦の時は、援軍がいつ来るかというのが大事になってきます。父上はどちらが先に来ると思いますか？」

「エルナか勇爵かということか？」

「はい。この状況を一撃で打破できるのは聖剣持ちのみ。そして帝国で聖剣を使えるのは二人だけです。聖女の救出にいったエルナか、事前に備えていた勇爵か。父上はどちらだと思われますか？」

　リーゼの言葉を聞き、ヨハネスは少し黙り込む。

　普通に考えれば勇爵の到着のほうが早い。

　聖女を助けにいったエルナは、聖女を助けるまでは戻ってこられない。一方、勇爵は自分の判断で動ける。この差はあまりにも大きい。

　しかし。

「来るならエルナであろうな」

「その根拠は？」

「城にはアルノルトがいる。アムスベルグ勇爵家は忠義に厚い。いつでも武力で帝国を奪えるにもかかわらず、常に剣であり続けた。そんなアムスベルグ勇爵家の者であるエルナも例外ではない。そしてエルナの忠誠は幼き頃からアルノルトに向いている。傍にいるレオナルトも同様だが、状況を知れば二人は死に物狂いでアルノルトを助けに来るだろう。士気という点でいえば、二人に比肩する者はいないだろう。それほど、二人にとってアルノルトの窮地は一大事だ。そしてそれをアルノルトは狙っている」

「アルが仕組んだと？」

「あれは観察力に優れている。聖女の死の偽装にも気づいていた。そんなアルノルトがゴードンの不穏な動きに気づかぬとは思えん。それにもかかわらずアルノルトはセバスまでレオの傍に行かせた。一見すると、全戦力をレオナルトに託したように見えるが、見方を変えれば帝都の外に戦力を置いたとも取れる。いざというときに備えてのことだろう。そうであるならば、聖女を救出した流れで二人は即座に取って返してくる」

「なるほど。一緒に行くということをしなかったのは、あえて残って二人が全力で戻ってくるように仕向けるためだと。アルらしい手ではありますね」

「あれは人を使うのも上手いが、自分を使うのはもっと上手い。人質としての価値はほとんどないアルノルトだが、レオナルトとエルナには決定的な人質となる。自ら残ることで、アルノルトは二人にとっての枷となったのだ」

アルが帝都にいれば、必ずレオとエルナは帝都に戻る。それを最優先とする。

そこに対して余計な思考は一切ない。

全力で戻ってきて、ゴードンと戦うことになるだろう。

「セバスは二人が暴走しすぎたときの歯止め役といったところでしょうか」

「かもしれんな。それとセバスは使いやすい。帝都に攻め入るときには強力な戦力となるだろう。結界を破壊したところで、城門を突破しなければ帝都に入る方法は空だけ。それでは少数しか送り込めん。少数での城門の突破となれば、セバスほど使い勝手のいい人材はおらん」

「となると、城でもアルは動いているのでしょうね」

「期待はしている。覚えているか？　レオナルトと二人でアルノルトは城の隠し通路を探し出していた」

「ええ、覚えています。手紙でも毎回、新しい隠し通路を見つけたと自慢していました。あの時は城の全体図でも書くつもりなのかと思ってましたが、ここに来て役立ちそうですね。アルは城に関しては誰よりも詳しい」

「遊びも無駄にはならんということだな。ワシも交ざっていれば今頃、外から城に人を送り込めたというのに……」

そう言いながらヨハネスは少し遠い目をする。

城の中で遊びまわるアルを幾度も叱った。そのたびに反省した素振りも見せなかったアルだが、今ではその遊びの成果に期待している。

「人生とはわからんな。少し前はこんなことになるとは思わなかった。もちろん、アルノルトに期待する時が来るとも思わなかった。不思議なものだな……」

「いつでも先が見えれば苦労はしません。兄上の死にせよ、今回のゴードンの反乱にせよ。起きてしまった以上は変えれません。どう収めるかの問題で、大体のことは常に後手です。万全を期したつもりでも足りず、予想外のことは起こり続ける。しかし悪いことばかりではありません。予想の上が起きることもある。アルがいい例です」

アルは国中から出涸(でが)らし皇子と蔑まれてきた。

そのことをヨハネスはよく知っていた。

皇子を馬鹿にするとは何事かと思ったときもあったが、当の本人が何も言わない以上は皇帝として言うことは何もなかった。

ただアルにちゃんとしろと言うだけが、ヨハネスにできることだった。

そしてそう言うときには常に、心の中で小さな思いがあった。

見返してみろ、奮い立ってみろ。

そう思いながらヨハネスはアルを叱り、アルはそれを受け流し続けた。

しかし状況がアルを変えた。

レオが帝位争いに加わり、今まで見せて来なかった一面を見せ始めた。かつてエルナのためだけに見せたアル本来の顔。ヨハネスが見たいと思いながら、見ることはないだろうと思っていた顔だ。

「誰もがアルノルトのことを出涸らし皇子と呼ぶ。功績をあげても出発点が低すぎて、評価を改める者は少ない。きっとゴードンも侮り、蔑んでいるだろう。もしかしたら、それがあやつの命取りになるかもしれんな」

「そこまでやれたらアルを出涸らし皇子と呼ぶ者はいなくなるかもしれませんね」

「どうだろうな。アルノルトはきっと出涸らし皇子という言葉と扱いを気に入っている。実際、アルノルトは意欲というものに欠ける。有事にしか動かぬ者は評価しづらいものだ」

「考えればわかることだと思いますが。努力して優れる者は秀才。努力せずに優れる者は天才。アルはどう考えても後者です。アルは他者を出し抜くことに関しては天性のモノを持っています。そして天性のモノは得難く、評価に値する」

「その価値を見抜ける者ばかりなら苦労はせん。それにアルノルトはあえて評価されないように振る舞うところがある。きっと――あれはワシらにも見せていない一面をまだ隠し持っている」

　ヨハネスはそう言ったあと、ため息を吐いた。

　そしてリーゼを見ながらつぶやく。

「ワシは自惚れておったのだろうな。それなりには立派な皇帝だったと自負していたが、子供の本質も見抜けぬ。だからこうして反乱も起こされた。許せ。苦労ばかりをかける」

「子が親を助けるのは当然。元帥が皇帝を助けるのも当然。許しを乞われることなど何もありません。私の方こそ謝らなければいけません。私は兄上の死後、国境に閉じこもった。辛かったのです。しかし、長女として父上をお傍で支えるべきでした。父上が一番辛かったのだから

「……私が傍にいればこのような反乱もなかったでしょう。お許しを」

そんなリーゼの言葉を聞き、ヨハネスはフッと笑った。

そして。

「反乱も悪くはないな。娘と本音で語り合えた……リーゼ。もしも敵がワシの目前まで近づいたときはわかっているな？」

「……はい。そのときは私が父上の命をいただきます」

「そうしてくれ。皇帝として反乱者に首を取られるわけにはいかん。お前に斬られるならば悪くはない」

そう言ってヨハネスは笑いながらその場を後にする。

残されたリーゼはゆっくりと包囲する敵軍、そして城を見つめた。

「ご安心を……父上を斬ったあとは愚か者たちもまとめてお送りします。あの世で愚行を詫びさせましょう」

どうかそうならないでほしいと思いつつ、リーゼは剣についた血を綺麗にふき取るのだった。

2

ゴードンが攻撃の手をやめた夜。

いまだ皇帝ヨハネスと第三皇子ゴードンの対立が続く帝都ヴィルトにとっては、静かで、しかし不気味な夜。

　そんな夜の中、疾走する一団があった。

「さすがは聖女様ね。全員の移動速度を上げるなんて驚きだわ」

　一団は空と陸の二手に分かれていた。

　陸は千を超える騎馬隊。空は鷲獅子（グリフォン）、そしてそんな鷲獅子と同じ速さで空を飛ぶ騎士たち。

　レオたちだ。

「でも負担は大きそうだよ」

「わかるわ。聖剣も使えばとても疲れるし。でも……今は速さが欲しいとき。気を遣ってはいられないわ」

　レオの隣でエルナがつぶやく。

　聖杖（せいじょう）の持ち主、レティシアは聖杖を発動させて全員の移動速度を上げていた。

　その効果によってレオたちは帝都まであと半日というところまで迫っていたのだ。

　しかし、その代償も大きかった。

　移動速度を上げたといっても、体力までは上がらない。

　ネルベ・リッターの兵士たちからは離脱者が続出しており、鷲獅子騎士たちも疲労を隠せなくなっていた。

　もっとも、一番疲れているはずのレオは一団の先頭を駆けていた。

　いつも以上に速度を出している鷲獅子に跨（また）るのは、それだけで体力を相当消費する行為だが、レオにとってそれは苦にはならなかった。

辛いことは辛い。しかし、それをどうでもいいと思えるほどの一大事だったからだ。

「……そうだね。レティシアも僕らの気持ちを汲んで、辛い中で聖杖を使ってくれているんだ。気を遣うのは失礼だったね」

レオはそう言って少し後ろを見る。

聖杖を発動させているレティシアは、ほかの鷲獅子騎士の後ろに乗っていた。

疲労困憊の中で、さらに聖杖を使っているため、いつ意識を失うかわからなかったからだ。

それでもレティシアは聖杖を使い続ける。

自分の救助のために帝国の重要戦力が帝都を離れてしまったこと、そして自分を助けるためにアルが戦力の大半をレオに渡してしまい、危険に晒されていること。

すべて自分のせいだとレティシアは自分を責め、今も杖を握り締める。

しかし、心にあるのはそれだけではなかった。

アルにもしものことがあればレオが壊れてしまう。そんな予感があった。だからレティシアは疲れた体に鞭を打つのだった。

レオと自分自身のために。

「これで反乱なんてありませんでしたってなったら笑えないわよ？」

「そうだったらいいんだけどね……ヴィンは常に多くを予想して動く。そのヴィンがありえると踏んだんだ。帝都で何かが起きるのは間違いないと思うよ」

軍師のヴィンは正確にゴードンの反乱を予測した。あらかじめネルベ・リッターと行動をしていたのも、それに備えるためだったからだ。

ヴィンとアルノルトにとってゴードンの反乱は予想の範囲内。予想外だったのはレティシアが攫われたこと。

本来ならば帝都へすぐに駆け付けられる位置にいるはずだったネルベ・リッターが、帝都からかなり距離を取ってしまった。

その誤差を埋めるためにレティシアの聖杖を使っているわけだが、それでも時間はかかっている。

それがレオには気がかりだった。

「反乱に求められるのは速度だ。グズグズしてたら援軍が駆けつけるからね。ゴードン兄上もその周りにいる将軍たちも、そこを外したりしないと思う」

「反乱が終結している可能性のほうが高いって言いたいの？」

「……そうだね。何もなければ反乱は成功するんじゃないかな」

「陛下はもちろん宰相もいるのよ？　何も備えてないとは思えないわ」

「うん、僕もそう思う。問題はどういう手を打ったのか。その一手次第で稼げる時間は決まってくる」

半端な手で稼げる時間はたかが知れている。

反乱を狙うならば最終日の武闘大会。

正午から始まるその行事中に反乱が起きたとすれば、すでに反乱開始から半日ほどが過ぎたことになる。

果たして間に合うかどうか。

焦りが心の中に生まれるが、レオはそれを無理やり封じ込めた。

焦ったところで速度は変わらない。つまりは何も変わらないからだ。

「アルは……大丈夫よね？」

「大丈夫だと思う。兄さんは勝ち目のない戦いはしない。セバスを僕らのほうに寄こしたってことは、いなくてもどうにかなると思ったからだ。今は信じよう。兄さんを」

「そうね。アルなら大丈夫よね。きっと、いつもみたいに悪だくみしてるわ」

自分に言い聞かせるようにエルナがつぶやく。

その言葉を聞いて、レオはゆっくりと息を吸う。

負の感情は伝播しやすい。自分が不安がればついてくる者たちも全員、不安に駆られる。

「うん。帝都に僕らはいないけど、頼りになる人たちはまだいる。父上もいるし、宰相もいる。それにいざとなればトラウ兄上だっているし、大丈夫だよ」

「トラウゴット殿下の名前が出てくると色々心配になるわ……」

「いや、まぁ変わってるけど凄い人だよ？」

余計に不安そうな表情を浮かべたエルナにフォローをいれつつ、レオは前を向く。

アルが本当に一人ならば心配でたまらないが、周りにはまだ家族がいる。

「大丈夫。兄さんは家族を大切に思う人だから。家族と一緒にいる兄さんは強いよ」

それは純粋な言葉だった。

自分のためには頑張れないし、頑張らない。それがアルという人間だった。

だからこそ、周りに人がいると思うと安心できる。

「きっと兄さんは一生懸命頑張ってる。同時に僕らを待ってるはずだよ。兄さんは頑張るのが嫌いだから。早く後は任せたって言いたいだろうし、急ごう」

「そうね。アルならきっとそうだわ」

そう言って二人は帝都へ急ぐのだった。

■■■

その帝都の東門。

本来なら兵士の休憩室として使われている部屋に、二人の人物が閉じ込められていた。

ゴードンの実弟であるコンラートとザンドラの実弟であるヘンリックの二人だ。

「エリク兄上！　僕は何も知らなかったんです！　どうか解放してください！」

そんな二人の前にエリクが現れた。

その体には返り血がついていた。

つい先ほどまで剣を握って前線に出ていたからだ。

剣は得意というほうではないが、鍛錬を怠ったりはしてこなかった。頭脳だけの男に人はついては来ない。いざというときに剣も握れぬ者では誰の信も勝ち取れない。皇太子を長く見てきたエリクはそのことをよくわかっていた。

強くなくてもよいが、前線に出て兵士を鼓舞する気概がなくては皇帝にはなりえない。

「言いたいことはそれだけか？　この状況で父上の無事も聞けないとは、それでも皇族か？」

「うっ……それは……」

「エリク兄上が無事ってことは父上も無事なんでしょうね。喜ばしいことで」

部屋の床で横になっていたコンラートがふわーっとあくびをする。

それを見てエリクは眉をひそめた。

「ヘンリックはともかく、お前は何か聞いていたのではないか？　コンラート」

「聞いてたら一緒に城に残ってますよ。あそこで反乱起こしたら俺が捕まるじゃないですか。俺は俺の命が大事なので」

「ふん、どうだかな。お前は食えん男だ。これが終われば取り調べをする。覚悟しておけ」

「怖い怖い。まぁ覚悟だけはしておきますよ」

そう言ってコンラートはまた床に寝始めた。

それを見てエリクはその場を後にする。

この場に来たのは何か有益な情報を二人が知っているのではないかと思ったからだが、今の様子では何も知らないようだった。

「どうでしたか？　エリク殿下」

「宰相か。無駄骨だったな。元々ゴードンにしろ、ザンドラにしろ家族を大事にするタイプではない。あの二人は切り捨てられたと見るべきだろう」

「やはりそうですか。私も同意見です。しかし、そうなると人質にはなりませんな」

「そうだな。人質にならない二人に近衛騎士をつけるのは無駄だろう。空いた近衛騎士を私に貸してほしい」

「ほう？　何か策がおありですかな？」

「帝都にはまだ戦力がいる。私が動かそう」

エリクが何を言っているのか宰相はすぐに察する。

「なるほど。闇に乗じるとはいえ、包囲を抜けるのは危険では？　それに簡単に彼らが動くとは思えませんが？」

「危険は承知。しかし今は私が長男だ。父上を守る義務が私にはあり、危険を冒す責任もある。それに交渉事は得意だ」

そう言うエリクを見て、宰相は一つ頷いた。

了承と受け取ったエリクはすぐに行動に移したのだった。

3

「あー、ねみぃ……」

「結局、夜通しの捜索でもほとんど人を見つけられなかったな……」

「わかってたことだろ？　要人はさっさと玉座の間に逃げたのさ」

　末端の兵士たちに休息は許されない。

　夜通しの捜索で兵士たちは疲れ果てていた。

「今日は玉座の間に行くのかなぁ……」

「そうだろうよ。ほかの場所はほとんど制圧したからな」

「でも玉座の間を守るのは近衛騎士団長って話だぜ？　俺たちなんかが行って役に立つか？」

「……死んで来いってことだろ」

　一人の兵士の言葉にその場にいた大勢の兵士の顔が暗くなる。

　そんな中、彼らの中から疑問の声が出てきた。

「死ぬために反乱に参加したわけじゃない……」

「俺だってそうだ……エストマン将軍が参加したというから……仕方なく……」

「やめろ。他の奴らに聞かれたら問題だぞ？」

「だけどよ……」

彼らの気持ちはよくわかる。積極的に反乱に参加したわけではない。ただ上が反乱に参加したから、それに従うのが楽だっただけだ。

それに断れば命もなかっただろう。

末端の兵士たちに選択肢など存在しないのだ。

そしてその反乱に彼らは疑問を抱いている。なにせ成果が見えない。

多くの人質を確保できているなら、自分たちの優位を自覚できただろうが、人質にはことごとく逃げられている。

人をまとめるときに最も簡単な方法は、結果を出すことだ。結果が出ていれば多くの文句は封殺できる。

しかし、結果が出ないときは不協和音が流れ始める。

寄せ集めの集団ならなおさらだ。

「——これは聞いた話だが」

その不協和音を見逃す手はないだろう。

しれっと兵士たちの中に交じっていた俺は低い声で話し始める。

寝不足かつ、反乱という異常事態で精神をすり減らしていた兵士たちは、俺の存在に疑問を抱くこともなく俺の話に耳を傾ける。

「エストマン将軍は脅されて反乱に参加させられたらしい」

「やはりか……」

「将軍は皇帝派だったしな……そんなことだろうと思ったよ」

「問題はそれだけじゃない。どうやらそんな将軍の態度を、殿下たちは気に入らないらしい。反乱が成功したら処刑されるんじゃないかって話だ。そうなると俺たちはどうなるんだろうな……」

「なんだと⁉　将軍が⁉」

「ない話じゃないな……」

「将軍がいなくなったら、俺たちは他の将軍のところに送られるんだろうか……」

「肩身が狭い思いをするんだろうな……真っ先に前線に出されるぞ……」

一気に不安が溢れてきた。

それを見て、俺はニヤリと笑いながらつぶやく。

「せめて将軍の考えを知りたいよな」

「そうだ！　俺たちは将軍の兵なんだぞ！　ずっと将軍と一緒に戦ってきた！」

「反乱が始まってから一度も姿を見せていないじゃないか！」

「声さえ聞ければ安心できるのに……」

不安をさらに駆り立てたところで俺は彼らから離れる。

もはやこの話題は他人事ではない。俺が居なくてもどんどん議論がされていくだろう。

こうやって俺はあちこちで噂を流していた。

今の作り話もきっと当たらずとも遠からずだ。

エストマン将軍は兵士からの信頼が厚く、父上からの信頼も厚かった。

人格者と知られたエストマン将軍が何の理由もなくゴードンにつくとは思えない。

「さて……これだけ煽(あお)れば兵士たちの関心は将軍に向くだろうな」

言いながら俺は城の下へ向かう。

エストマン将軍がいるなら城の下層だからだ。

しかし、城の下層には士官たちも大勢いる。怪しい兵士を見つければ、すぐに呼び止められるだろう。

だから俺は幻術で姿を変えた。

できれば使いたくはないが、まぁ仕方ないだろう。

「好きじゃないんだよなぁ。女に化けるのは」

そう言いながら俺はザンドラの姿に幻術で化ける。

そしてザンドラの歩き方を真似(まね)つつ、俺は城の下層に侵入する。

すると一人の士官が俺に気づいて敬礼した。

「これはザンドラ殿下。人質への対処はよろしいのですか？」

「兵士たちの動きが悪いわ。将軍はどこ？」

「将軍は複数おりますが……」

「エストマン将軍に決まっているでしょ！　そんなこともわからないの⁉」

「ひっ！　も、申し訳ありません！　エストマン将軍は部屋に閉じ込めております！」

「連れてきなさい！」

「そ、それは……その……怪我をしているので兵士たちの目に触れると動揺が……」

「私に出向けというの？　良い度胸ね。私の言うことなんて聞けないというわけ？　あんたの代わりなんていくらでもいるのよ？」

そう言って俺は右手をわずかに動かす。

魔法を使う気だと察したその士官はすぐに了承して、走り去っていく。

俺の怒声を聞き、下層にいた士官たちが集まってくるが、誰も文句は言わない。

ザンドラの機嫌を損ねればどうなるかわかっているからだ。

そしてしばらくすると、数人の兵士によって担架でエストマン将軍は運ばれてきた。

なぜ担架で運ばれてきたのか。

それはエストマン将軍の左足がなくなっていたからだ。

その光景を見て、多くの士官が目を逸らす。きっと将軍の部下たちだろう。

「お、お連れしました……」

「いいざまね？　エストマン将軍」

「……伯父が伯父なら姪も姪ですな、ザンドラ殿下。反乱者の血は皇族の尊い血をもってしても浄化できなかったようだ……」

「なんですって……？」

「殺すならば殺せばよろしい……」

ここでエストマン将軍を殺せば、きっとエストマン将軍の部下たちは一斉に反抗するだろう。

それを狙ってのことだろうな。

せめて一矢報いたい。そんな思いが伝わってくる。

だから俺は将軍の胸倉をつかむと、自分のほうへ引き寄せる。

「死にたいようね……？　そんなに死にたいなら死なせてあげましょうか？」

「陛下最大のミスはあなたとゴードン殿下のようなお子を残してしまったことだ……」

その言葉を聞き、俺はエストマン将軍をさらに引き寄せる。

そしてその耳元で囁く。

「助けるといえば手を貸すか？」

「……何者だ？」

「流れの軍師、グラウ」

「……ジンメル伯爵に助力した軍師か……私の助けが必要か……？」

「ないよりはあったほうがマシだ」

「よかろう……」

「少し痛いぞ。上手く合わせろ」

「構わん……やれ」

そう言って俺はエストマン将軍の胸倉から手を外すと、左足の傷口付近を叩く。

「ぐぉぉぉぉ‼‼

「減らず口を叩くんじゃないわよ！　兵士たちがどうなってもいいの⁉」」

「わ、私はどうなっても……兵士たちは……どうか、どうか……」

「ふん！　最初からそういう態度を取ればいいのよ！　部屋に連れていきなさい！　聞きたいことがあるわ‼」

そう言って俺はエストマン将軍を部屋に連れていかせる。

周りにいるエストマン将軍の部下と思しき者たちは、軽い殺意のこもった目で俺をにらんでいた。良い傾向だ。

城にいる兵士がすべてエストマン将軍の配下というわけではない。

しかし、玉座の間に近い前線付近にいるのはほとんどがエストマン将軍の配下だ。

元々、城の守りを請け負っていたのがエストマン将軍であるというのと、下層に置いておくと反乱を起こされかねないという不安があるからだ。

その不安、現実のモノにしてやろう。エストマン将軍の反乱が起これば、探し物はよりしやすいし、アリーダたちへの援護にもなる。

まぁ、さすがに天球の台座の護衛にはエストマン将軍の兵士たちは使われてないだろうが、横やりが入らないだけかなりマシだろう。

そんな風に思いながら俺は部屋の中へと入ったのだった。

4

「ちょっとあんた」

「はっ！」

「紅茶とお菓子を持ってきなさい。喉が渇いたわ」

「はっ！　では他の者に」

「あんたに言ったのよ！　さっさと持ってきなさい！　まずかったら殺すわよ！」

見張りとして部屋の中にいた兵士に俺はそう脅しをかける。

まさかの要求に兵士は震えあがり、部屋を出て紅茶を用意しにいった。

これで部屋には俺とエストマン将軍だけだ。

俺は幻術を解くとすぐにエストマン将軍の下に駆け寄った。

「非礼をお詫びする」

「よい……これからどうする気だ……？」

「あなたを救いだし、上層の兵士に味方になってもらう」

「簡単に言うな……周りは敵だらけだぞ……？」

「策はある」

そう言って俺はザンドラの姿に戻った。

少しして、緊張した様子で先ほどの兵士が戻ってきた。

その兵士が恐る恐る差し出したカップに入っていた紅茶を飲み、俺はそのカップを兵士の近くに投げつけた。

「ひっ⁉」

「不味(まず)いのよ！　死にたいの⁉」

「も、申し訳ありません！」

「もういいわ！　エストマン将軍の側近たちを全員連れてきなさい！　この将軍の前で殺してやるわ‼」

「で、ですが……」

「私の言うことが聞けないの⁉　あんたでもいいのよ！」

そう言われた兵士はまた逃げるようにして外へ出た。

その間に俺は作戦を説明した。

「あなたに幻術をかけ、兵士に見せる。ザンドラ皇女に痛めつけられた兵士を演じて、部屋から出ろ」

「そのあとはどうする……？」

「騒ぎを起こし、追手は出させない。城の中層。アルノルト皇子の部屋まで行け。そこで皇子が隠し通路を開いて待っている」

「殿下が……情けない……本来、お守りするのが私の務めだというのに……」

「そう思うならこれから務めを果たすことだ。まだ何も終わってはいないのだから」

「そうだな……貴殿の言う通りだ……私は私の務めを果たそう」

そう言ってエストマン将軍は歯を食いしばり、机に腕をかけて立ち上がった。

片足で不安定な中でも、その目の強さは衰えていない。

温厚な好々爺という印象があったエストマン将軍だが、やはり歴戦の強者。人生の多くを戦場で過ごしてきただけはある。その姿からは覇気が満ち溢れていた。

父上が信頼していただけはある。

そんな中、兵士がエストマン将軍の側近たちを連れてきた。

全員が俺をにらんでいる。

そして俺に脅された兵士が部屋の扉を閉めた瞬間、俺はその兵士を幻術で夢の中に封じ込めた。今頃、幸せな夢を見ていることだろう。

「将軍を連れて逃げてもらう。準備しろ」

「え……？」

「これは一体……」

ザンドラの姿のままだったことを思い出し、俺はグラウの姿を側近たちに見せた。

するとエストマン将軍が口を開いた。

「味方だ……脱出し、城の上に向かうぞ……」

「は、はい！　了解いたしました！」

「演技に付き合え。今からエストマン将軍はザンドラ皇女に痛めつけられた兵士だ」

短く伝えると、俺はザンドラの姿に戻る。

そしてそのまま近場の兵士に物を投げつけた。

「将軍の可愛い側近たちがこのままじゃ死ぬわよ!!」

そう言って俺は何度も兵士に物を投げつけるが、側近は俺の演技について来れてない。

だから俺はすぐに小声で注意する。

「叫べ。助けを呼べ」

「え？　その……」

「早くしろ。将軍を助けたくないのか？　それとも本当に痛めつけたほうがよかったか？」

「い、いえ……う、うわぁぁぁぁぁ!!　助けてください！　ザンドラ様!!」

「将軍!!　これでも積極的に協力する気にはなれないの!?　ならあんたと同じ目に遭わせてあげるわ!!」

そう言って俺は物を兵士の左足に当てる。

意図を察した兵士が大げさに倒れて叫ぶ。

「うわぁぁぁぁ!!!!　足が!!　俺の足がぁぁぁぁ!!」

これを聞けば、外にいる者はザンドラが暴れて兵士の足を斬ったと思うだろう。

しばらく演技を続けたあと、俺はエストマン将軍に幻術をかけて兵士に見せる。

そして側近たちはエストマン将軍を抱えて部屋を出た。

「あーもう‼　むしゃくしゃするわ‼」

他の者が部屋に入らないように、俺はすぐに部屋から出て大声で悪態をつく。

ザンドラを恐れ、部屋の周辺には誰も近づかない。

そりゃあそうだろう。ザンドラの機嫌を損ねれば、即座に魔法が飛んできかねない。

俺は周囲の物に当たり散らし、部屋を出たエストマン将軍たちに注意が向かないように仕向ける。

だが、そうしていると意外な人物がその場に現れた。

「まったく！　なんなのよ！　酷（ひど）い目に遭ったわ！　この私に幻術をかけるなんて許せない！　絶対に殺してやるわ！　いいえ！　殺すだけじゃ済まさない！　そうよ！　それだけで済ませてなるものですか！　捕らえたら死ぬ寸前まで追い詰めて、できるだけ苦しんで苦しんで苦しみぬいて！　自分の行いを後悔するようになってから殺すわ！　絶対に殺す！　私の手で殺すわ！　決して許さない！　許さないわよ‼」

本物はヒステリックの格が違うな。

演技じゃあれは再現できない。

妙なところで感心しつつ、俺は現れた意外な人物、ザンドラを見つめる。

その場にいる兵士たちに俺はあっけに取られた様子で一言もしゃべらない。

そんな兵士たちに俺は大声で告げた。

「どうして私の偽物がいるのよ⁉　捕らえなさい！」

「なっ⁉　どういうこと⁉　どうなってるの⁉」

俺の言葉に兵士たちは迷いながらも動く。

ザンドラという人間をよく知っていれば、さきほど足を斬り落として癇癪を起こしている俺のほうが本物っぽいと思うからだ。

それに対してザンドラは鬼のような形相を浮かべて俺を指さす。

「あんたね！　私に幻術をかけたのは！　絶対に許さないわ！」

「下手な嘘をつくわね！　私は禁術を操る皇族一の魔導師よ！　そんな私が幻術になんてかかるわけないでしょう‼」

そう言って俺は兵士たちに顎でザンドラに向かえと伝える。

今の話で兵士たちの中でこの問題は片付いたらしい。

ザンドラは皇族一の魔導師。禁術をいくつも操るザンドラが幻術にかかるわけがない。

そう思ったのだ。

しかし、それに対してザンドラは怒り狂う。

「なに言ってるのよ！　早くその偽物を捕まえなさい‼」

「黙れ！　偽物が！」

「調子に乗るんじゃないわよ‼　あんたなんていつでも殺せるのよ⁉　殺されたくないならさっさとその偽物を捕まえなさい！　幻術使いよ！」

「そんな話、信じられるか！」

「あっそ、なら死になさい」

怒りが頂点に達したんだろう。突然、ザンドラは冷静な声でそうつぶやいた。

そして腕を振って、風の刃を生み出し、兵士の首を落とした。

馬鹿な奴だ。お前なら必ずそういう実力行使に出ると思ったよ。

「許さない、許さない、許さない、許さない、許さない、許さない……全員皆殺しよ!!」

「こっちのセリフよ！　捕まえなさい！　私の偽物なんて許せないわ！」

兵士たちは迷いながらも身構える。

どちらが本物であれ、ぼーっと突っ立っていたらザンドラに殺されてしまうからだ。

すでにザンドラは皆殺しモード。兵士たちは抵抗するしか生きる道はない。

そんな中で、俺はザンドラの幻術を残してその場を離れた。

「さて、これでしばらく下は大混乱だろうな」

いずれザンドラが本物だということはわかるだろうが、そうだとしてもザンドラは自分を疑った兵士たちを許さないし、被害を出したザンドラを兵士たちも許さない。反乱の主力は兵士であり、彼らは大きな枠組みでいえばゴードン側に属している。

元々、溝のあるザンドラとゴードンだ。これでさらに溝が深まるだろう。

いい気味だ。

そのうち仲間割れを起こして崩壊してくれると、とても助かるんだがな。

そんなことを考えつつ、俺は転移で自分の部屋に飛び、皇子としての姿に戻る。

「あとはエストマン将軍が無事にたどり着いてくれるかどうかだな」

万が一、エストマン将軍がたどり着けない場合、残念だがエストマン将軍抜きで動くことになる。

別にそれでも問題はない。ただアリーダの負担がわずかに増加し、反乱に乗り気じゃない兵士たちの血が無駄に流れるだけの話。

ただ、それはあまりにも忍びない。

だからエストマン将軍には頑張ってここにたどり着いてほしいものだ。

「脱出組は無事だろうか……」

やれることはやって送り出したが、心配は心配だ。

城の外にも兵士はたくさんいる。

それを掻(か)い潜(くぐ)って父上の下にたどり着くのは中々に難しい。

「信じるしかないか……」

つぶやきながら俺は部屋から帝都の街並みを見下ろすのだった。

5

ザンドラが下で暴れたせいか、城は上も下も大混乱中だ。

そんな中、部屋の近くにエストマン将軍たちがやってきた。

部屋に入ってくる前に将軍に掛けていた幻術を解き、俺は部屋で待ち受ける。

ゆっくりと部屋の扉が開かれ、側近に支えられたエストマン将軍が現れた。

「来たか」

「殿下……」

「災難だったな。将軍」

俺の言葉を聞いたエストマン将軍は側近から手を離すと、床に膝をついて深く頭を下げた。

「申し訳ありません……!! すべては私の責任でございます……! 大恩ある皇帝陛下に任せられた城を守るという大任を果たせないばかりか、人質になり、兵士たちは皇族の皆様に剣を向けることとなりました……!」

涙を流しながらエストマン将軍は謝罪を口にする。

それに対して俺は部屋にある隠し通路を開けながら告げる。

「――責任は皇族にある。反乱を起こしたのはゴードンであり、協力者はザンドラだ。あの二人を押さえつけられなかった父上やエリク兄上の責任であり、追い詰めたレオや俺の責任だ。だから気にするな。皇族の責任まで背負う必要はない」

「殿下……」

「だが、将軍としての責任は果たしてもらう。今、望まぬ反乱に参加させられている兵士たちがいる。彼らへの責任が将軍にはある。彼らを止めろ。これは将軍にしかできないことだ。兵士に指針を示すことが将軍の仕事ならば、このために将軍はいるといってもいい。できないとは言わせない。罪のない多くの兵士の命がかかっている。必ずやれ」

俺の言葉を聞いたエストマン将軍は歯を食いしばり、支えを使わずに片足で立ち上がって見せた。

「お任せください……必ずやり遂げてみせます」

「よろしい。では行くぞ」

そう言って俺はエストマン将軍たちを連れて、隠し通路に入る。

時間はあまりない。すでに日が昇り始めている。アリーダたちは玉座の間から移動しているだろう。

時間をかければかけるほど無駄な犠牲が増え、無駄な負担がアリーダたちにかかる。

だから俺は早歩きだった。片足がなく、部下に支えられなければ歩けないエストマン将軍には辛い移動だっただろうが、将軍は一言も泣き言は言わない。

その日は使命に燃えていた。

きっとエストマン将軍はこの城で死ぬ気だろう。そういう覚悟を決めた者特有の雰囲気があった。

それが悪いとは言わない。命の使い道は人それぞれだ。

ただし。

「将軍、一つ言っておくぞ」

「はっ、なんなりと……」

「無駄死には許さん」

「!?」

　エストマン将軍は驚いたように目を見開く。

　そしてゆっくりと目を伏せ、懐かし気な表情を浮かべた。

「殿下も……大きくなられたのですな」

「もう十八だからな」

「もうそんなになられましたか……時が経つのは早いものですな。私の記憶にある殿下はいつも遊びまわっては、陛下に叱られている悪戯小僧でしたが……今のあなたはまるで若き日の皇帝陛下のようです」

「よしてくれ。そういう評価は苦手だ。それに言っておくが、俺は今日、一生分働いたんだ。これが終わればしばらく部屋から出る気はない。間違っても父上にそんな感想を伝えるなよ？　面倒事を押し付けられる」

「そういうところも似ていますな」

　懐かしそうに笑うエストマン将軍に俺は嫌そうな顔を向ける。

　そんな俺にエストマン将軍は笑みを見せた。

「陛下に合わせる顔がないと思っていましたが……少し会話をするのが楽しみになりました。殿下のおかげです」

「勘弁してくれよ……」

俺はそうつぶやきながら、見えてきた出口に近づく。

周囲を警戒し、出口の向こうに誰もいないことを魔法で確認したあと、俺は隠し通路の出口を開く。

「ここは俺の部屋より上の階だ。ここら辺にいる兵士はだいたい将軍の部下たちだろう」

「でしょうな……お任せください。まずはこの階を制圧いたします」

「頼む。それとアリーダ騎士団長が敵に襲撃をかける。邪魔をしないでやってくれ」

「援護はいらないと？」

「下手な援護は逆に足手まといだ」

「なるほど、たしかに。了解いたしました。それで殿下はどうされるのですか？」

「俺はその混乱に乗じて探し物をしてくる」

「……アテがあるのですか？」

探し物が何かは聞いてこない。

この状況下で探す物なんて限られているからだ。

「もちろん。そのために騒ぎを起こしたんだしな」

アテはある。しかし騒ぎが起きないと近づけない場所だ。

今なら確実に近づける。

「お一人で行かれるのですか？」

「グラウが共にいく。問題ない。将軍は将軍のやるべきことをやってくれ」

「彼が……ならば安心ですな。ではご武運を」

そう言ってエストマン将軍は側近と共に部屋を出ていった。

それを見送った俺は隠し通路に戻り、グラウの姿になってから転移する。

転移した場所は部屋だった。

皇族の部屋らしく、置かれている一品一品が最上級の物ばかり。

さきほどまで誰かが寝ていたのだろう。ベッドが乱れている。

それを見て、俺は何とも言えない表情を浮かべた。

「まさか姉の部屋を漁（あさ）る羽目になるとはな」

そう、ここはザンドラの部屋だ。

幻術をかけられたザンドラはここで休んでいたんだろう。

騒ぎを起こしたのはザンドラを下に引き付けるためだ。幻術にかかったザンドラはここで休むだろうし、復活したとしても騒ぎが起きてなければこの部屋を拠点とする。

探す時間を考えるとザンドラをここから引き離さないといけなかったというわけだ。

そもそも、こんなところに虹天玉があるかという話だが、宰相は人の裏をかくのが得意だ。

ザンドラはプライドが高い。自分の部屋を兵士が漁るなんて許さないだろう。

そんなことをすればゴードンとザンドラの対立は極まる。

それに絶対に隠しておきたい物を敵対する可能性のある者の部屋に隠すなんて、普通は考えない。

ここにないならたぶんゴードンの部屋だろう。しかし、この部屋にある可能性が一番高い。

ザンドラはしばらく後宮に隔離されており、この部屋に物を隠すのはたやすかったはず。

ザンドラがゴードンと協力しなかったとしても、ゴードンはザンドラの部屋にあるなんて思いもよらないだろうし、良い隠し場所ではある。

敵対者が皇族である以上、城の仕掛けの中に隠しても開けられてしまう。それなら意識の外に隠したほうがいい。

問題はこの部屋のどこに隠したかだが。

「地道に探すしかないか……」

皇族の部屋は広い。

誰か連れてくればよかったと思いつつ、俺はため息を吐いて地道に探しはじめたのだった。

6

アルが城で動いている頃。

フィーネたちも皇帝ヨハネスの下へ向かって動いていた。

玉座の間からの脱出路は帝都の上層に通じており、フィーネたちはそこから中層へ移動していた。

しかし皇帝がいる場所は東門。帝都の最外層のさらに向こう側だ。

そしてゴードンは皇帝に対して二重の包囲を敷いていた。

東門を囲む第一の包囲。中層付近で東門に向かう者を阻止する第二の包囲。

その第二の包囲にフィーネたちは差し掛かっていた。

「さすがにここを強行突破は頭が悪い考えだというのはわかりますですわ……」

いつも強行突破を選択するミアだが、防衛線を敷く大勢の兵士を見てそうつぶやいた。

そんなミアに苦笑しつつ、フィーネはしばし考え込む。

ここで騒ぎを起こしてしまうと、さらに奥に進むのが難しくなる。

どう考えてもここが最終防衛ラインではないからだ。情報によれば皇帝が拠点としたのは東門。そこをこの距離で包囲するなどありえない。東門近くにも包囲があるのはほぼ間違いなかった。

下手をすれば挟み撃ちですり潰されてしまう。

だからこそ、ここはすり抜けなければいけない。

しかし、ルーペルトとアロイス、そしてミツバとジアーナたちを連れてバレずに抜けるのは至難の業だといえた。

人数が多すぎて目に留まってしまうのだ。

護衛としてミアと近衛騎士がいるにはいるが、あくまで護衛。軍と戦うのは賢明とはいえない。

どうするべきか。

〝アルならどうするか〟。そのことにフィーネは思考を向ける。

限られた選択肢の中で、か細い道を見つけるのがアルは得意だった。敵も味方もすべてを観察し、分析してしまうからだ。

敵の戦力は、質はともかく量は膨大。対してこちらは、量はともかく質は良好。

第一の目的はルーペルトが皇帝ヨハネスの下へたどり着くこと。第二の目的は誰も人質にならないこと。

そこまで考えて、フィーネは一つの案を導き出した。

「ルーペルト殿下。少しよろしいでしょうか？」

「な、なに？　フィーネ」

「私やミアさんがいなくても殿下は大丈夫でしょうか？」

言ってる意味がルーペルトには一瞬わからなかった。

しかし、ミツバやアロイスはすぐに察した。

ミツバが心配そうな視線をフィーネに向けるが、フィーネはそれに対して微笑む。

「優先すべきはルーペルト殿下が陛下の下に向かうこと。私は囮になります」

「お、囮!?　どうして!?　僕が持っているのは偽物だよ!?　それを持っていくために囮になるなんて無駄だよ！」

「殿下、お忘れですか？　それは本物なのです。ならばどんな犠牲を払っても陛下の下にお届けしなければいけません」

これは本物だ。

そうアルに言われたことを思い出し、ルーペルトはジッと袋を見つめる。

そう思って行動することを約束した。

しかし、偽物だとわかっている物を運ぶために、誰かが危険に晒されることにルーペルトは強い抵抗を覚えていた。

そんなルーペルトの手をフィーネは優しく包む。

「ご心配はとても嬉しく思います。しかし、これしか手はないのです。きっと私は追われるでしょうが、ミアさんもいます。それに……私は私で向かいたい場所があります」

「向かいたい場所？」

「はい。私が行くべきなのかはわかりませんが、試してみる価値はあると思います。ですから私とミアさんはこれから別行動をとります。それで生じる隙をついてください」

「でも……フィーネに何かあったら……アルノルト兄上になんて言えばいいか……」

「大丈夫です。皆ができることをやっています。アル様も、きっとレオ様も。あなたのお兄様やお姉様たちは手を尽くしています。あなたも今、自分にできることを」

そうフィーネに諭されたルーペルトは渋々ながら了承し、小さく頷いた。

そしてフィーネはミアの方を見る。

「申し訳ありませんが、お願いできますか？」

「もちろんですわ！」

「ありがとうございます。では、中層の真ん中に行きましょう。包囲は突破します」

「追手がすごいことになりそうですわ……」

「私に注意が向けばそれだけ周りが楽になります。では殿下。思いっきり逃げてくださいね。立ち向かうのは勇気がいることですが、逃げるのだって勇気がいります。感情を殺して、正しい判断をするのは難しいことですが……あなたはアル様の弟君です。きっとできます。何があっても歩みを止めてはいけません。私たちはそのために行くのですから」

幼い子供に言うには残酷すぎる言葉だった。しかし、言わなければいけない。皇族とはそういうものだから。泣きそうなルーペルトの頭を撫でると、フィーネは走り出した。

それに合わせてミアが矢を空に向けて放つ。

拡散したその矢は兵士たちを直撃し、防衛線に穴をあけた。

「な、なんだ⁉」

「魔法か⁉」

「しゅ、襲撃だ‼　襲撃だぞ‼」

兵士たちが叫ぶ中、フィーネはミアと共にその防衛線を走り抜ける。

その姿を見た兵士が叫ぶ。

「蒼鷗姫⁉　蒼鷗姫だ‼　蒼鷗姫がいたぞ‼　捕らえろ‼」

「大人気ですわね……」

「知らない方から好意を示されるのはあまり好きではないんですが……今はありがたいですね」

そう言ってフィーネは笑いながらミアと共に走る。

大したお嬢様だと思いつつ、ミアは近づく兵士たちを吹き飛ばしていく。

「あなたたちにはもったいないですわ！　おととい来やがれというやつですわ！」

「手練れの護衛がいるぞ！　変な喋り方の護衛だ！」

「なっ⁉　今、私の喋り方を馬鹿にしたのは誰ですの⁉　あなた⁉　あなたですわね！　顔を覚えましたですわ！　あとで遠くからドーンの刑ですわよ‼」

そう叫びながらフィーネとミアは中層の真ん中へと移動していく。

兵士たちの目はフィーネたちに完全に向いていた。それだけフィーネが有名であり、重要人物だからだ。

絶好の囮だといえた。

「殿下……そろそろ行きませんと」

「うん……」

アロイスに促され、ルーペルトはフィーネたちから視線を切って、移動を開始した。

万全の防衛線は綻びだらけになっており、その綻びをルーペルトたちはいとも簡単に突破した。

そうして、フィーネたちが気を引いている間にルーペルトたちは中層から外層へと向かっていく。

第一の包囲は東門の皇帝に注意が向いており、第二の包囲はフィーネたちに注意が向いているため、その道中は驚くほどスムーズだった。

しかし、簡単に行っているときに落とし穴というものは現れる。

大通りに入ったとき、ルーペルトは離れたところで交戦する一団を目にした。

「あれは⁉　クリスタ殿下たちでは⁉」

アロイスが叫ぶ。

クリスタたちは敵に見つかったようで、交戦中だった。

問題なのはその敵が普通の敵ではなかったということだ。

「竜騎士……」

空を駆ける連合王国の竜騎士。

それがクリスタたちに襲い掛かっていた。

助けなければ。

そう思ったルーペルトだが、そんなルーペルトの視線の先に驚くべき人物が現れた。

ルーペルトたちとクリスタたちの間。

少数の騎馬隊が路地を抜けてやってきた。

それを率いるのは赤髪の偉丈夫。

「ゴードン兄上……」

そしてゴードンはクリスタたちを見たあと、反対方向のルーペルトたちを一瞥（いちべつ）した。

ゴードンとルーペルトの視線が一瞬だけ合った。

その瞬間、ルーペルトの体は恐怖で硬直したのだった。

■■■

時間は少し遡る。

フィーネたちより先に通路を通り抜けたトラウたちは、第二の包囲をいち早く抜けていた。

その理由はウェンディだった。ウェンディの幻術でトラウたちは兵士たちの目を掻い潜り、第二の包囲をさっさと突破していたのだ。

そして確実に第一の包囲へ向かっていた。

ただ一つ誤算があった。

ウェンディの負担を考え、トラウは自分たちの姿を消すのではなく、幻術を使って兵士の目を逸らしていた。しかし、それでは空からの目は誤魔化せなかったということだ。

「この大通りを抜ければ東門まではもう少しです。敵の包囲もあるでしょうが、そこは我々が囮になりましょう」

「殿下はクリスタ殿下たちと共に抜けてください」

「頼むでありますよ」

ライフアイゼン兄弟の提案にトラウは頷く。

皇族のために臣下が犠牲になる。それが当たり前などと思っているわけではないが、今はそれしか手がないと理解していた。

あれも嫌だ、これも嫌だと駄々をこねるのは簡単ではあるが、そうやって我儘を貫けば本当に譲れないモノも守れなくなってしまう。

譲らずに守るということができる力があれば別だが、トラウはそこまで自分を評価してはいなかった。

「皆、もう少しであります。頑張れるでありますか？」

「大丈夫……」

「リタも！」

「私も……大丈夫です」

クリスタ、リタ、ウェンディがトラウの言葉に答える。ウェンディだけは少し疲れた様子だった。今日一日で幻術を何度も使っているからだ。

これ以上頼るのは危険かもしれない。幻術を使っている最中に集中力が切れれば、相手に自分たちの存在がバレてしまう。そう思いつつ、トラウは大通りを渡るように指示を出した。

観察眼に優れたトラウが周りを見て、どこにも敵の視線がないことは確認済みだった。

絶好のタイミングに思えた。

しかし、それは空から聞こえてきた独特の風切り音によって、間違いだったと教えられた。

「殿下!!」

ライフアイゼン兄弟の兄、マルクスが剣を抜いて、トラウに投げつけられた投げ槍を弾いた。

「戦闘態勢!!」

指示は迅速だった。

トラウたちを囲むようにして防御態勢が出来上がる。

そんなトラウたちの前にゆっくりと竜騎士たちが降りてきた。

「音に聞こえたライフアイゼン兄弟がいるとは……私の勘も捨てたものではないな」

そう言うのは赤い竜に跨った男。

やや赤みがかった金髪に赤紫色の瞳。

端整な顔立ちをしているが、どこか野性味も併せ持った不思議な男だった。

その男の名はウィリアム・ヴァン・ドラモンド。

竜王子の通り名で知られた連合王国の第二王子だった。

「連合王国の竜王子か……騎士道精神に溢れた武人と聞いていたが、卑怯な反乱に加担するとは連合王国の騎士道も地に落ちたな」

「手厳しいが、返す言葉もない。甘んじてその言葉を受けよう。そう、私は卑怯者だ。しかし、祖国のためでもある。主を失い、第一線を離れたあなた方がここにいるのも祖国のためでは？」

「我らはトラウゴット殿下のために舞い戻ったまで。帝国のためではない。個人的忠誠のためだ」

弟のマヌエルの言葉にウィリアムは目を細める。

そして腰の剣を抜き放った。

「羨ましいことだ。良き臣下に恵まれたようでなによりだな。トラウゴット皇子」

「まったくその通り。自分にはもったいないでありますよ。そしてウィリアム王子。自分の首などあなたの武勲に加えていいのですかな？」

「謙遜はよせ、皇子。皇太子の同母弟であるあなたは特殊な立場だ。今もこうして護衛と共に城の外にいる。何かを持ち出したのではないか？　たとえば近衛騎士団長より虹天玉を託されたとか」

　ウィリアムはそう言ってトラウが腰につるしていた袋に目をつける。

　元々、ウィリアムとその配下の竜騎士は城で待機していた。あくまで反乱はゴードンの領分だと思っていたからだ。

　ゴードンにつくと決めたのはウィリアムの父である連合王国の王。ウィリアム自身は反対だった。個人的な友誼があるゆえ、帝国にはウィリアムが来たわけだが、ウィリアムとしてはゴードンには反乱などという手には頼らず玉座を手に入れてほしかった。

　現皇帝に明確な落ち度があるならまだしも、ヨハネスの治世に過ちはなかった。軍部の反乱はあくまで軍部の都合。戦争がないことは民にとってはよいことであり、外交の成果でもあった。

　それを軍の力を使って追い落とせば、反発は必至。

　各地の諸侯は皇帝として認めないし、帝位争いの候補者たちは各地で反旗を翻すだろう。そうなれば帝国は大規模な内乱状態。

それを連合王国はもちろん、藩国や王国も望んでいた。

大陸中央に君臨する帝国は諸外国にとって、長年越えられない壁だった。領土拡大をしようにも帝国が必ず立ちふさがる。攻め込めば跳ね返され、逆侵攻を受けることも珍しくはなかった。

しかしウィリアムはそのような手段は好ましいとは思わなかった。乱れた国から領土を奪ったところで、民心はついてこない。大きな負債を手にするようなものだ。

遺恨も百年単位で続くだろう。帝国を丸ごと手に入れられるならまだしも、各国との取り合いになり、更なる戦いが生まれる。

大陸は激動の時代を迎える。乗り遅れまいとゴードンへの加担を決めた父に対して、ウィリアムは静観を提言したが聞き入れられなかった。

連合王国は島国。様子を見るということができる立地だった。

今でもウィリアムの考えは変わらない。この参戦はきっと愚策だったと思っていた。

しかし、愚策が実行されてしまった。ならば良策に変えるのが自らの役目。連合王国の王子として、軍を率いる将として、ウィリアムは自分の責任を理解していた。

そのためにゴードンの反乱は無事に成功させなければいけない。

だからウィリアムは、玉座の間で近衛騎士団長が虹天玉を守っているという情報を受けた時点で、空からの監視を行っていた。玉座の間ならば外に出る脱出路が必ずあるはずだからだ。

状況は一見すればゴードンの圧倒的有利に見えたが、虹天玉が三つでは聖剣に破られる可能性が高い。

四つ目を手に入れなければ反乱は失敗に終わってしまう。皇帝を討つのは四つ目を手に入れてからでもできる。

狙うべきは四つ目の虹天玉。

その優れた戦略眼で状況を的確に見抜いたウィリアムはこうして、トラウたちの前に現れたのだった。

「なんのことでありますか？」

「惚けるなら結構。無理やり調べるまで」

そう言ってウィリアムは配下と共にトラウたちに襲い掛かった。

竜騎士は強力だ。

小型とはいえ竜は竜。一般の兵士では太刀打ちできない力を持っている。

皇太子の側近たちで構成されたトラウの護衛といえど、苦戦は免れなかった。

竜の牙や爪を躱しつつ、竜騎士の剣や槍にも気をつけなければいけないからだ。

戦況は互角。しかし、それはウィリアムの望むところだった。

「さすがは皇太子の両翼。第一線を離れていても、私と打ち合うとはな」

「二対一で平気そうな顔をしておきながら、よく言う」

ウィリアムの相手はライフアイゼン兄弟たちだったが、ウィリアムは一歩も退かずに相手をしていた。

それを見て、竜王子という通り名は伊達ではないとトラウは感心する。

しかし、その感心はすぐに警戒に変わった。

ウィリアムが小さく笑みを浮かべたからだ。

その笑みに危機感を覚えたトラウは咄嗟に空を見上げた。

「勘の良い皇子だ」

「くっ！」

空を見上げれば数騎の竜騎士が新たに降下してきていた。

時間差での攻撃。護衛を引き付け、トラウの警護が甘くなった瞬間をウィリアムは狙っていたのだ。

急降下してくる竜騎士たちは投げ槍でトラウを狙う。

投げ槍は三本。

二本は弾いたトラウだったが、三本目は軌道を逸らすだけで精一杯だった。

「ぐぅっ⁉」

左腹を投げ槍が掠る。

トラウは痛みで顔をしかめる。

しかし、痛みでうずくまったりはしない。そんなことをしている場合ではなかったからだ。

腰につけていた袋が今の一撃でトラウの下から離れていた。

道に落ちたそれをトラウは視線で追う。

自らの身よりも優先するそれを見て、ウィリアムは確信した。

「その袋を奪え！　虹天玉だ！」

ウィリアムの声を受け、竜騎士たちが一斉に動き出した。

させまいと護衛たちもその動きを阻む。陣形は崩れ、乱戦状態になった。

そんな中、絶望的な音が聞こえてきた。

騎馬隊の音だ。

チラリとトラウはその足音の方向に目を向ける。

路地裏より現れたゴードンとその護衛と思わしき騎馬兵だった。

「まずいであります！」

トラウは叫び、袋の下へ向かう。

そんなトラウの横から竜騎士が襲い掛かった。

槍がトラウの肩を貫く。竜騎士はそれを見て、袋に視線を移した。

しかし、それがその竜騎士の命運を分けた。

「舐(な)めるなであります!!」

槍で肩を貫かれながら、トラウはもう片方の腕で剣を振るって竜騎士を切り伏せた。

そのまま何とか袋に手を伸ばすが、痛みで意識が朦朧(もうろう)として膝をついてしまう。

日頃から鍛えていなかったツケかと後悔しつつ、トラウは足に動けと命令を下す。

しかし、足は動かない。その間に敵は詰めてくる。

早く袋を。なんとか腕を伸ばすトラウの視界の中で、誰かが袋を拾い上げた。

その手は見慣れた小さな手だった。

「任せて……！」

「駄目であります！　クリスタ!!」

袋を拾い上げたのはクリスタだった。

そんなクリスタに竜騎士たちが槍を伸ばすが、それをリタが弾き返す。

「通りを抜けて！　クーちゃん！」

「うん……！」

家が立ち並ぶ場所に入れば、竜騎士は自由に動けない。

ゴードン達も騎馬だ。小回りが利く子供が逃げ回れば手を焼くだろう。

その判断は間違いではなかった。

だからこそ、ウィリアムはこれまでで一番強い声で命じた。

「絶対に逃がすな!!」

自らも向かいながらの命令だった。

そんな誰もがクリスタを狙う中、ルーペルトはゴードンに睨まれて硬直していた。

どうすればいいのか。

挑むのか、逃げるのか。

どちらかを選ばなければいけないのにルーペルトの足は動かない。

一番やってはいけない立ち竦むという選択をルーペルトはしてしまっていた。

間違っているのはルーペルト自身もわかっていた。

それでも体は思うように動かない。心は冷え切り、恐怖に支配されている。

ルーペルトにとって年長の兄姉たちは恐怖の象徴だった。その中でもゴードンは特別怖かった。

だが、隣にいたアロイスの声でルーペルトの硬直は解かれた。

「殿下！　殿下！　僕がついています！　大丈夫です！」

「あろ、いす……？」

アロイスは真っ白な顔になったルーペルトの手を掴む。恐ろしいほど冷たい手だった。

それだけルーペルトは追い詰められていた。

しかし、判断はしなければいけない。

助けにいくにしても、逃げるにしても。

ゴードンはルーペルトたちとクリスタたちの間で立ち止まっていた。

ルーペルトたちが救援に動けば、それを防ぐつもりだったからだ。

「殿下、ご決断を！」

「決断……」

ルーペルトはアロイスに促され、ゴードンのさらに向こう。追われるクリスタの姿を見た。

助けなきゃと思った。せめてアロイスたちを送り込まないと。

だが、そうするとルーペルトは身動きが取れなくなってしまう。
第一の包囲がある以上、そこを突破する戦力が必要だった。
助ければ東門に行けない。
しかし、自分は囮。本物があそこにある以上は、守るのは当然。
だからルーペルトは護衛のすべてを救援に向かわせようと思った。
「助けに……」
つぶやいたその時。
アルの言葉がよぎった。
誰かが目の前で危機に遭っても助けちゃだめだぞ？
助けにいけば自ら囮だと明かすことになる。
そうすれば敵の戦力がすべて集中してしまう。
迷わせるのが自分の役割ならば、ここで助けにいってはいけない。
逃げるのだって勇気がいる。
フィーネの言葉をルーペルトは痛感した。
見捨てたくない。助けにいきたい。
その気持ちを封じなければいけないことがこれほど辛いとは思わなかった。
だが、ルーペルトは歯を食いしばり、涙を流しながら決断した。
「逃げよう……あの騎馬隊を引き付ける」

「殿下……わかりました！」

アロイスはルーペルトを庇(かば)いながら大通りを渡って、東門へと向かう。

それを見て、ゴードンは鼻で笑った。

「ふん、臆病者めが。あのような腰抜けが弟だと思うと虫唾(むしず)が走る」

「見逃すのですか？」

「お前たちは一応追っておけ。あんな腰抜けが虹天玉を持っているわけがない。本命はトラウゴットだ。俺はあちらに行く」

「了解いたしました。追うぞ！」

騎馬隊がルーペルトを追う。

残ったゴードンはゆっくりとトラウたちのほうへ向かっていた。

その視線の先ではウィリアムがクリスタを捕らえていたのだった。

7

ウィリアムはクリスタを射程圏に捉えた。

ほかの竜騎士は護衛の足止めに入っており、クリスタを守るのはリタのみ。

そのリタを軽々と越え、ウィリアムは走るクリスタに並走し、その腕を摑んだ。

「あっ……！」

「クーちゃん!!」

　ウィリアムはクリスタを自分の下へ引き寄せ、そのまま上昇する。

　このまま城まで連れていくつもりだった。

　しかし。

「うぉぉぉぉ!!!!　行かせないぞー!!!!」

　リタは上昇するウィリアムの竜の足にしがみつくと、そのままクリスタの下まで這い上がろうとしてくる。

　それを見てウィリアムは警告する。

「手を放せ、少女よ。殺したくはない」

「少女じゃない！　リタは近衛騎士だ!!」

「近衛騎士？」

　ウィリアムはリタの言葉を聞いて、一瞬、子供の戯言かと思った。

　しかし、その背にある白いマントを見て考えを改める。

　そのマントは確かに近衛騎士のモノだったからだ。見間違えるはずもない。大陸に轟く帝国最強の騎士団の証。

　ウィリアムですら尊敬と憧れを抱く騎士たちのマントだ。

「戯言では……なさそうだな」

「戯言なもんか！　クーちゃんを解放しろ！　そうじゃないと地獄までついていくぞ！」

「……帝国の皇族は羨ましいものだな」

クリスタは戦場で功績を残したわけでも、外交や政治の場で結果を残したわけでもない。ただの皇女だ。

その皇女のために命をかける者がいる。同じような年の子供が自らを近衛騎士と称し、竜騎士の竜にしがみつくという暴挙に出ている。

ウィリアムがクリスタの年の頃。このような友はいなかった。口では必ず守るという者はいたかもしれない。しかし、実際にこのように行動できる者はいなかっただろう。

「勇敢だな……その勇敢さに免じ、命は助けよう。手を放せ」

ウィリアムはゆっくりと高度を下げる。

手を放せば家屋の屋根に着地できる高さだ。

怪我はするかもしれないが、命にかかわるようなことはない。

しかし、リタはその隙を狙ってどんどん這い上がる。

「クーちゃんが一緒じゃないと嫌だ！」

「……死ぬぞ？」

「死んでも放さない!!」

リタはバランスの悪い竜の体をよじ登り、クリスタに手を伸ばす。

それに対してクリスタも手を伸ばす。

もう少しというところでウィリアムは突然高度をあげた。

それでバランスを崩したリタは、手を伸ばすのをやめて竜にしがみつくしかなかった。

「何をしている！　ウィリアム!!」

ウィリアムが高度をあげたのは下からゴードンが迫って来ていたからだった。

あのままではゴードンはリタを攻撃しかねなかった。

だからウィリアムは高度をあげたのだ。

「手出しは無用！　私に任せてもらおう！」

「ふざけるな！　そんなことを言っている場合か！」

「時間がないのはそちらの都合だ！　そして都合ならばこちらにもある！　この竜王子が子供一人を振り払うのに他者の手を借りたなどと知れたら大陸中の笑い者だ！　手を出すならば私に討たれる覚悟で出すことだな!!」

そう言うとウィリアムはゴードンから距離を取る。

そしてまた高度を下げて、リタに問う。

「そのマントは誰に貰ったモノだ？」

「オリヴァー隊長だ！」

「そうか……託されたか」

近衛騎士隊長ともあろうものが、近衛騎士の証である白いマントを子供に理由もなく託したりはしないだろう。

この少女に未来を見たか。

それを潰すのは簡単だった。

しかし、ウィリアムはそれを良しとはしなかった。

「名を問おう。近衛騎士」

「リタだ!!」

「そうか、騎士リタ。そのマントはまだまだ重いようだ。そのマントは強者の証。そのマントが似合うようになったらまた会おう！」

そう言ってウィリアムは竜に備え付けられた投げ槍(やり)を持つと、刃(やいば)を反転させ石突でリタを突き飛ばした。

強く突かれたリタは竜から振り落とされる。

そのまま家屋の屋根に落下していくが、リタは痛みに耐えて剣を引き抜くと、ウィリアムに向かってそれを投げつけた。

「うわぁぁぁぁ!!!!」

「くっ！」

剣は正確にウィリアムの顔を狙う。

ただし速度が足りなかった。ウィリアムは首をひねってそれを回避する。しかし、刃が頬(ほお)を掠(かす)り、薄(う)っすらとウィリアムに傷をつけた。

その代償としてリタは受け身も取れずに家屋の屋根に落下した。

それを見て、ウィリアムは一言つぶやく。

「見事」

称賛の言葉をリタに贈ったウィリアムは、ゴードンに向かって告げる。

「虹天玉は手に入れた！　城へ向かうぞ！」

「よし！　俺が直々に台座に設置しよう！」

勝ち誇ったようにゴードンは宣言し、ウィリアムの部下の後ろに跨り、共に空へ上がる。

そんなゴードンたちをトラウたちは追撃するが、空高く上がられては手出しができなかった。

空を飛ぶ魔法は高度なもので、竜と空中戦を繰り広げられる者など限られているからだ。

「くっ……！　城へ向かうであります！」

「殿下！　その傷では無茶です！」

「かすり傷であります！」

そう言ってトラウは血を流しながら城へ向かおうとする。

しかし、それをウェンディが制した。

「まずは治療が先です。殿下」

「ウェンディ女史……」

「殿下は血を失いすぎています。動いては命に関わります」

皇旗の発動でトラウは血を失っていた。その状況でこの出血である。

治療もせずに城へ向かえば、道中で間違いなく倒れてしまうだろう。

　だが。

「命など不要。妹も守れずに生き残るなら死んだほうがマシであります」

「命がなければ助けられません。まずは治療を！」

　ウェンディを押しのけようとトラウは進むが、ウェンディはトラウを行かせまいとその場を退かない。

　そんな中、護衛の一人がボロボロのリタを運んできた。

「すぐに治療が必要です！　意識もありません！」

「リタ……」

　ウェンディが抱えられたリタを心配そうに見つめる。

　受け身を取らなかったせいか、右肩は外れており、そのほかにもあちこちに擦り傷があった。

　それを見てトラウは歯を食いしばる。

「絶対に許さん……！　部隊を二つに分けるでありますよ。子供たちに護衛を残し、ほかは自分と城へ向かうであります！」

「殿下。あまりにも無茶です。ただでさえ少ない戦力を二つに割るのは愚策です」

「では黙って見送れと!?」

「それしか手はありません。城にいるアリーダ騎士団長とアルノルト殿下に期待するしかありません」

　トラウはその言葉に反発しようとする。

曖昧な可能性に期待するのは嫌だった。

しかし、体はそれについてはいかなかった。

「ぐぅ……!?」

視界がぐらつき、トラウは立っていられなくなった。

血を失いすぎた代償だった。

「すぐに横へ寝かせてください！　私が傷を塞ぎます！　リタも寝かせてください！」

ウェンディは泣きそうな表情を浮かべながら、トラウとリタの治療に入る。

ウェンディとてクリスタを助けたかった。

周りをダークエルフに囲まれていたとき、ウェンディの心は不安で押しつぶされそうだった。

それを救ってくれたのはクリスタとリタだった。二人と過ごすのはウェンディにとっては癒しの時間だった。

反乱が起きたときもクリスタはウェンディの下へ来てくれた。見捨てずにいてくれた。

どれほど嬉しかったか。

それでもウェンディは現実的な判断をしなければいけなかった。

このまま無理をさせればトラウは死ぬ。リタも危険な状態だ。

それでクリスタを助けられたとしても、クリスタは喜ばないとウェンディはよく知っていた。

だからウェンディは二人の治療に全力を注いだ。

治癒魔法はそこまで得意ではなかったが、そうも言っていられない。

幸いなことに、ゴードンが引き連れてきた騎馬隊はルーペルトたちを追っていった。

おかげで治療する時間は確保できた。

しかし、トラウたちがそこで大きな足止めを受けたことも事実だった。

また一つ、ゴードンに有利な風が吹いたのだ。それがわかっているため、ゴードンは空の上で上機嫌だった。

「はっはっはっはっ!! これで勝ったぞ!」

ゴードンの高笑いを聞きながら、ウィリアムは腕に抱えたクリスタを見る。

クリスタは身動き一つせず、ただリタが落ちた場所をずっと見ていた。

死んではいないだろうとは思うが、怪我は重いだろうとも察することができた。

あの状況で最後まで諦めず、ウィリアムの首を狙うとは。

成長すれば恐ろしい騎士になるとウィリアムは確信していた。

だが。

「しかしウィリアム、油断したな。あんな子供に傷をつけられるとは。竜王子の名が泣くぞ?」

「油断ではない。私はずっと警戒していた。だからこの首は繋がっている」

「ふっ、屈辱的な傷を受けて不機嫌そうだな?」

「私が不機嫌なのはお前の笑いが不快だからだ。この傷が屈辱的か、名誉あるものか。その価値は私が決める。いいか? この傷は騎士が自分の身を顧みず、主君を守ろうとした証だ。多くの戦場で誇り高き敵から受けた傷と何ら遜色はない。〝名誉の戦傷〟だ。この傷に対しても、与えた騎士に対しても——侮辱は許さん」

ウィリアムはそう告げると一人、隊列を離れて一足先に城へと向かう。

そして静かにつぶやく。

「敵に敬意も払えんようになったか……」

時が友を変えた。

そのことにショックを受けながら、ウィリアムはこの先が不安になった。

驕(おご)る者は必ず足をすくわれる。それは歴史が証明していたからだ。

第二章　援軍参戦

Episode 2

1

フィーネとミアは敵に追われながら帝都中層東側の中央部に向かっていた。

そこにはとある施設があったからだ。

「どこに向かっているんですの!?　フィーネ様!」

「もう少しです!」

「追え!　絶対に捕らえろ!」

狭い路地裏を抜け、フィーネたちは通りに出る。

そしてフィーネは目的地を見つけた。

そこは見慣れた施設だった。帝都の冒険者が在籍し、拠点とする場所。

冒険者ギルド帝都支部だ。

そこに向かってフィーネとミアは走る。

だが、後ろからは大勢の追手が来ていた。

このまま帝都支部に入れれば、兵士を連れていくことになる。

そのことに少し躊躇(ためら)いを持ったフィーネだったが、突然、腕を掴(つか)まれて横に引っ張られた。

「きゃっ！」

「申し訳ありません。フィーネ様。少しお静かに」

フィーネを建物の陰に引っ張ったのは、いつもシルバーの対応をする冒険者ギルドの受付嬢だった。

少しして兵士たちがやってくる。

「どこに行った⁉　探せ！」

兵士たちはその場で散って周りを探そうとする。

しかし、彼らが周りを捜索する前に待ったが入った。

「この辺りをうろつくなんざ……いい度胸じゃねぇか」

「俺たちと一戦交える気で来たのか？」

通りのあちこちから冒険者たちが武器を構えて現れたのだ。

兵士たちは思わず一歩後ずさる。

「しょ、諸君らと戦う気はない！　ここに蒼鷗姫(ブラウ・メーヴェ)が逃げ込んだはずだ！　引き渡してもらおう！」

「知らんなぁ」

「あれほどの美人だ。逃げ込んできたなら気づかないはずがないんだがな」

「誰も見てないそうだ。違うところにいるんだろ。帰ってくれ」

冒険者たちは知らぬ存ぜぬで兵士たちの話を聞こうともしない。

それに痺（しび）れを切らした若い兵士が剣を抜く。

「いい加減にしろ！　ここにいるのはわかっているんだ！　冒険者風情が調子に乗るな！」

「おい、聞いたか？　冒険者風情だとよ」

「馬鹿にされたもんだぜ。仕えている皇帝を裏切った兵士に風情といわれるとはな」

「お前さんたちよりはよっぽどマシだと思っていたんだが、俺たちの勘違いだったか？」

冒険者たちは冷ややかな視線を兵士たちに送る。

それに耐えきれず、兵士たちは次々と剣を抜いて一歩前に出る。

「ま、待て！　落ち着け！」

「落ち着いていられるか！　我々は帝国のために立ち上がったのだ！　貴様らに馬鹿にされる筋合いはない！」

「帝国のため？　笑わせるぜ。自分たちのためだろ？」

「っっっ!!」

冒険者の挑発に兵士が顔を真っ赤にして突撃しようとした。

しかし、その兵士の足元に矢が突き刺さる。

「なっ……!?」

「おっと、動かないほうがいいぞ。冒険者の弓使いは遠く離れたモンスターの目だって射抜く。人間の頭ならあくびをしてても当ててくるぞ?」

兵士たちが周囲を見る。

すると屋根の上には十人以上の冒険者が弓を構えて、兵士たちを狙っていた。

通りに出てくる冒険者の数もどんどん増えていく。

その圧力に負けて、兵士たちはフィーネたちの捜索を諦めるしかなかった。

「逃げましたわね」

「みたいですね。ありがとうございました」

「いえ、フィーネ様はお得意様ですから」

そう言って受付嬢はニッコリと笑う。

そしてフィーネとミアは帝都支部に案内された。

そこには逃げてきただろう民が大勢いた。

「人がこんなに……」

「この場にいるのは避難してきた人の一部です。保護できる人数にも限りがあるので、色んな場所で手分けして保護しているんです。といっても、あまり大々的には動けないので微々たるものですが……」

受付嬢はそう言って目を伏せる。

本来、国がやらねばならぬことをやってくれている。

民のために。

その言葉をフィーネは思い出した。

「どれほどの感謝の言葉でも足りません。ご尽力に感謝いたします」

「いいえ、冒険者といえど帝国の民であることは変わりありませんから。この帝都に住み、家族も知り合いもいます。できることをやるのは当然です」

フィーネは再度感謝を伝えると、支部内で保護されている民に目を向けた。

大半は老人や子供だった。親とはぐれたらしい子供の遊び相手を冒険者たちがやっている。

祭りの最中に起きた反乱なため、民への被害は想像以上に大きいのだとフィーネは実感した。

今すぐ彼らに謝罪するのは簡単だったが、謝罪をするのがフィーネの役目ではない。この混乱を収め、日常を取り戻す。それをするためにこの場にやってきたのだから。

「申し訳ありませんが、お願いがあります」

「なんでしょうか？」

「遠話室を貸していただけないでしょうか？　ギルド本部の方々と話がしたいのです」

フィーネがここに来た理由は冒険者の協力を取り付けるためだった。

しかし、原則として冒険者は国家の争いや揉め事には関与しない。

リンフィアにせよ、ジークにせよ、冒険者としてアルに協力しているわけではない。あくまで個人的に協力しているにすぎない。

だから、ここでフィーネが皇帝に協力してくれと頼んでも誰も了承してはくれない。

個人として数人は協力してくれるかもしれないが、それでは手が足りない。

そのためフィーネは冒険者ギルドのトップたちと話をつける気だった。

だが。

「その必要はない。今、私が交渉中だ」

そう言ってギルドの奥から出てきた人物にフィーネは目を見開く。

「……エリク殿下……」

「同じところに目を付けたようだな。フィーネ」

「そのようですね……」

数名の近衛騎士と共に包囲を突破したエリクは、早々に帝都支部にやってきていた。

そしてギルド本部との交渉に乗り出していたのだ。

「しかし、良いところで来た。ギルド本部の頭の固い連中は私がなんとかする。お前は現場の冒険者を説得しろ」

「どういう意味でしょうか？」

「交渉事は私の得意分野だ。ギルド本部の上層部とも繋がりがあるし、奴らの隠しておきたいいくつかの秘密も握っている。今は向こうで協議中だが、そのうち現場の判断に任せるという言質が取れるだろう。シルバーの参戦でも要求しない限り、そのあたりまではやれる。しかし、それだけでは現場の冒険者は動かん」

「……反乱が成功した場合、ゴードン殿下が皇帝になるからですね？」

「そうだ。次期皇帝に反抗すれば罪に問われるし、帝国にはいられない。支部の周りにきた兵士を追い払う程度ならやってくれるだろうが、それ以上踏み込む理由が彼らにはない」

絶対に勝てるという保証はない。

むしろ現状、ゴードン優勢なのは誰の目にも明らかだった。

そんな彼らを説得しなければ、どれだけ上層部が帝国の問題への介入を許したところで意味はない。

「交渉事は得意だが、説得となると勝手は違う。その手のことはお前のほうが適任だ」

「……やれるだけのことはやってみます」

「任せた。父上の命が掛かっている。どうか頼む」

そう言ってエリクは頭を下げた。

その態度にフィーネは強い違和感を覚えた。

エリクらしくなかったからだ。

城でフィーネは幾度もエリクと接してきたが、今のように温かみがあるようなことを言う人間ではなかった。

もっと冷徹で、自分以外はどうでもいいと考えている人物という印象だった。

しかし、その違和感をフィーネは封じ込めた。

今はどうでもいいことだったからだ。

大事なのは冒険者の協力を取り付けること。それ以外は二の次だった。

エリクが立ち去るのを見ながら、フィーネは二人に視線を移した。

「正直な話を申し上げると、難しいと思います」

「私もそう思いますですわ」

受付嬢とミアの言葉にフィーネは同感だとばかりに頷く。

どこまでいっても冒険者は利で動く。そういう職業だからだ。

絶対のルールは民のために。それだけだ。

民に対して悪逆非道を働く者ならともかく、ゴードンは民に興味を示していない。

配慮もしないが、民を害そうともしていない。

説得は困難を極めるだろう。

だが、それでもやらなければいけない。

「冒険者の方々を集めていただけますか？　蒼鷗姫が話したいことがあるとお伝えください」

そう言ってフィーネは冒険者の説得という難題に乗り出したのだった。

集められた冒険者の前に立ち、フィーネは一つ大きく息を吸った。

支部にいる冒険者の数はおよそ百人。帝都にはまだまだ冒険者はいるが、彼らは他の避難場所の警護に当たっている。

しかし、この帝都にいる冒険者のほとんどが支部の中心メンバー。冒険者ランクも高く、影響力もある面々だ。

彼らを説得すればほかも動く。

問題は彼らが生粋の冒険者であるということだろう。

「冒険者の皆さん。私に話す機会をくださり、ありがとうございます。私は蒼鷗姫、フィーネ・フォン・クライネルトです。もうご存じかと思いますが、現在帝都では反乱が起きています。反乱の首謀者は第三皇子、ゴードン・レークス・アードラーと軍部の過激派です」

現状の説明をしたあと、フィーネは冒険者たちの顔を見た。

誰もが難しい顔をしていた。

フィーネは彼らの本質をよく理解していた。自由を愛し、好き勝手生きる彼らだが、誰もが自分の流儀、信念を持って冒険者稼業に身を捧げている。

彼らを荒くれ者と呼ぶ人は多い。実際、それは間違ってはいない。彼らは荒くれ者だ。

帝都の最外層出身者もいるし、他国から流れてきた者もいる。育ちはお世辞にもいいとは言えない。

それでもフィーネは彼らを信用していた。

フィーネが最も信用する人物が彼らを信用しているからだ。

「私は皆さんに協力を求めにきました。今、帝都は大きな混乱に包まれています。皇帝陛下と共に戦ってほしいとは申しません。ただ積極的に治安維持に乗り出してほしいのです。それはゴードン殿下に楯突くことになるでしょう。万が一、ゴードン殿下が玉座についた場合、それが大きな不利益になることも承知しています。それでも……どうか帝都に住む人々のために立ち上がってはいただけませんか？」

フィーネの言葉に冒険者たちは顔を見合わせる。

彼らは曲がったことが嫌いだった。自分に嘘をついたり、他者に従う生き方が苦手だから、冒険者をやっているのだ。

そんな彼らにとってゴードンのやり方は気に食わなかった。

しかし。

「なぁ、フィーネ様。聞きたいことがあるんだけど、いいか？」

そうフィーネに質問したのはやや強面の茶髪の男。

リタの剣の師匠にして、アルの幼馴染の一人であるガイだった。

「なんでしょうか、ガイさん」

「俺たちは学がないからさ。あんまり政治とかはわからないが、もちろん反乱を起こすほうが悪いってのは承知してる。けど、俺たちにとっちゃ国のトップが変わろうとどうでもいいんだ。国は冒険者ギルドには干渉しないし、冒険者ギルドも国には干渉しない。国を守るのは貴族や騎士の仕事で、民を守るのが冒険者の仕事。そういう住み分けができていたはずだ。国が傾くなら、それは貴族や騎士の責任だろ？　それでさ、こんなことあんたに言っても仕方ないんだが……その貴族様の大部分はどこで何している？」

痛いところを突かれてフィーネは押し黙る。

帝都には大勢の貴族がいた。彼らとていくらかの戦力を抱えていたはずなのに、ゴードンと一戦を交えた者はほとんどいない。

闘技場の呪いによって身動きが取れなくなったからだが、それは最初の話。

闘技場から出ることさえできれば体調は戻る。しかし、貴族たちの動きは見えない。

きっとガイたちは彼らがどうしているのか知っている。

だからフィーネは何も言えなかった。

「あちこちの避難場所に我が物顔で逃げ込んでくる貴族様が大勢いたよ。子供や老人を押しのけて、自分だけが助かろうとする奴らだ。まぁそういう奴らは全員でボコボコにしたわけだが、そんな奴らの尻ぬぐいはごめんなんだ。俺たちの力はモンスターを討伐するために磨かれたものだからだ。冒険者にとって大切なのは、民のために。この理念だけだ。同じ方向を向いているなら手助けもできるだろうが、民を顧みない奴らに手を貸すのは……正直、無理だ」

「……貴族の腐敗は認めます。貴族であるということの意味を理解できず、その身分をひけらかすことしかできない者が多いことは事実です。しかし、一部の貴族だけを見て判断しないでほしいのです。中には今、この状況で命をかける貴族もいます。人はそれぞれ違う生き物です。良い人もいれば悪い人もいる。どうか負の面ばかりを見ないでほしいのです」

「わかってるさ。あんたみたいな貴族だっている。良い貴族だって大勢知ってる。けど、それでも俺たちは動けない。俺たちからすれば皇帝も第三皇子もどっちもどっちだ」

ガイはそう言ってフィーネから視線を逸らす。

誰もがフィーネと目を合わせなくなった。

それを見て、フィーネの心に暗い影が落ちる。

だが。

「どっちもどっち？　全然違いますですわ！　どこに目をつけているんですの⁉」

「ミアさん……」

「な、なんだ？　あのおかしな喋り方の女は……」

「おかしくありませんですわ！　というか、おかしいのはあなた方ですわ！　この状況で皇帝と第三皇子を比べて、どっちもどっち？　馬鹿ですの⁉」

「馬鹿とはなんだ！　馬鹿とは！」

「馬鹿に馬鹿と言って何が悪いんですの⁉　他国の要人や民が集まる祭りの最中に反乱を起こした第三皇子と、逃げ回ることができるのにそれをやらない皇帝！　比べるのも失礼ですわ！　ここに第二皇子が来れたということは、皇帝は少数の護衛で逃げようと思えば逃げられるということですわ！　それをしないのは自分が姿をくらませば、民に被害が出るからですわ！　そんなこともわかりませんの⁉」

エリクが来られたならば、皇帝だって来ようと思えば来られる。

強制的に冒険者を巻き込むことだってできただろう。

帝都支部に兵士が入ることを冒険者は容認しない。逃げ込めば、互いの力をぶつけることもできる。

それ以外の場所にも行こうと思えば行ける。だが、移動すればするほど戦火は広がる。民の被害が増えていく。

「民を顧みない第三皇子と民に被害を出さないようにする皇帝！　両者の違いは明白ですわ！　皇帝があなた方を無理やり利用しないのは、あなたたちとて自分が守るべき民だと認識しているからに決まっていますわ！」

「そうだとしても！　不利益を承知で手を貸す理由にはならないだろうが！　積極的な治安維持ってことは、兵士とぶつかるってことだ！　一部の地域を確保して、そこに民を避難させるって案なんだろうが、そのためには大量の兵士を相手取る必要がある！　命がいくつあっても足りない！」

「命が惜しいなら最初からそう言いなさいですわ！　腰抜け！」

「なっ⁉」

ガイはミアの言葉に頰(ほお)をひきつらせる。

ほかの冒険者もミアの態度に我慢の限界といった様子だった。

しかし、そんな冒険者に対してミアはゆっくりと城を指さした。

「あそこに……軍部に制圧された城の中に皇子がいますわ。機会さえあれば、あなた方が出涸(でが)らし皇子と馬鹿にしている皇子があそこにいますわ」

「アルが……⁉　嘘だろ！　本当か⁉」

「はい、本当です……」

「あの馬鹿……！」

ガイは城を見つめながらつぶやく。

アルならば危険を察知してさっさと逃げたと思っていた。少なくともガイの知るアルは危険な場所にあえて残るような人物ではなかった。

唯一、ありえるのは家族が危険に晒された場合。

そういうとき以外にアルは頑張らないからだ。

「アルノルト皇子だけではありませんですわ！　まだ十歳のルーペルト皇子は危険を承知で自分から囮を引き受けましたですわ！　彼らだけではなく、城では多くの人が命をかけて自分のできることをやっていましたですわ！　国のために命をかけるのは皇族ならば当然とあなた方は思うでしょう！　しかし、他の国の王族はそうではありませんですわ！　この国がどれほど恵まれているか！」

藩国の王族、貴族を見てきたミアにとって、帝国の皇族、貴族は同じ立場の者とは思えなかった。

保身など当たり前。自分のために国があると考える者が大半な藩国では、帝国の皇族たちやフィーネやアロイスのような貴族はまず見かけられない。

それに対して民も諦めている。王族、貴族とはそういうものだと。

そうではないとミアは義賊として立ち向かうことを選んだ。しかし、藩国の王族や貴族に帝国の皇族や貴族の十分の一でも使命感や責任感があれば、立ち向かう選択は取らなかっただろう。

そんなミアには、今の冒険者たちの態度は気に入らないものだった。

国が乱れれば冒険者とて困る。それでもこの国の冒険者が慌てないのは、どの皇族が玉座についても最低限の統治はされるだろうという常識があるからだ。

これまでそうだったから、これからもそうだろうと。そんな甘い考えが冒険者たちの間には垣間見えた。

「断言しておきますですわ！　今、皇帝についておかなければ絶対に後悔しますですわよ‼」

ミアはそう言い切った。

冒険者たちの間に少し動揺が走った。

それは好機だった。

フィーネは流れを変えてくれたミアに感謝しつつ、冒険者たちに語り掛ける。

「ゴードン殿下はこの反乱に際して、連合王国、藩国、王国の協力を取り付けています。皇帝についた後、自分を認めない諸侯はこの国々の力を借りて制圧する気です。しかし、善意でゴードン殿下に手を貸す国はありません。必ず戦争になります。戦争になれば土地は荒れ、モンスターは大量発生し、民は苦しみます。モンスターを討伐するのが冒険者の仕事ならば、大量発生を未然に防ぐのも冒険者の仕事ではありませんか？」

「……」

ガイを含めた冒険者の面々は押し黙る。

悩んでいる。考えている。

ならば畳みかけるべきだとフィーネはさらに言葉を重ねる。

「ゴードン殿下は民に配慮しません。それは今回の反乱を見れば明らかでしょう。そして民に寄り添わない皇帝は冒険者も重視しません。帝国にモンスターが少ないと言われているのは、帝国がギルドに資金を出し、一定数の冒険者を常に確保しているからです。それがなくなれば？　冒険者は仕事を求めて他へ向かうでしょう。他に行くことができる冒険者はそれでいいかもしれません。しかし、帝国に家族がいる方は？　人手が足りない中で依頼を受ければ冒険者の死亡率も上がるでしょう」

帝国は冒険者に優しい国だ。

歴代の皇帝たちは冒険者を蔑ろにはしなかった。モンスターを討伐する冒険者たちは治世には必要であるというのと、民のためにという冒険者の理念に一目置いていたからだ。

しかし、ゴードンは治世に興味がない。

戦争を第一と考えるゴードンならば冒険者を蔑ろにしてもおかしくはない。

その危険性をフィーネは説く。

手ごたえはあった。あと一押し、もう一押し。

そう考えたとき。

その一押しは意外な形でやってきた。

『帝国元帥リーゼロッテ。聞こえるか？　聞こえているならば即刻皇帝を差し出せ。さもなければクリスタを処刑する』

魔法で帝都中にその言葉は拡散されていた。

一瞬、フィーネは背中に悪寒が走った。

目の前にいる冒険者たちが一瞬で殺気立ったからだ。

ゆっくりと彼らは城を見つめた。

「クリスタ皇女って何歳だったたっけか？」

「十二歳だったはずだが」

「それを処刑か……ふざけた奴だ」

「あの野郎、家族の情ってのがないのか？」

冒険者たちは口々にゴードンへの不満を口にする。

そして彼らはフィーネの後ろにいる受付嬢に告げた。

「積極的な治安維持ならやってもいいんだな？」

「はい。エリク殿下がさきほどギルド上層部より言質を取ってくれました。民を守る積極的治安維持ならば国家への介入には当たらないと。ただし……」

「ただし？」

「シルバーさんの参加は許可できないと」

「はっ！　そんなことか。ギルドの上層部も学ばねぇな。あいつが上層部の指図に従うかよ。必要なら出てくるさ」

「私もそう思います。では冒険者ギルド帝都支部は積極的な治安維持に打って出るということでいいですね？　皆さん」

「ああ、東側の中層は制圧するぞ」

「我が物顔で歩く兵士ってのも気に入らないと思ってたんだ。ちょうどいいぜ」

「俺はあの皇子が気に入らない。ぶん殴ってやりたいぜ」

「同感だ。周辺を片付けたら城まで殴りこむか？」

意気揚々と話しはじめた冒険者を見て、フィーネはホッと息を吐く。

彼らは冒険者。

気に入らないことは気に入らないと言ってしまう人種だからこそ、冒険者という職業についているのだ。

そしてゴードンは彼らの気に入らない一線を越えた。

「フィーネ様……アルは大丈夫なのか？」

「……わかりません。ただ、アル様が城にいる以上、クリスタ殿下を見捨てることはないでしょう」

「まぁアルならそうだろうな」

そう言ってガイは頭をかく。

アルとは旧知の仲であるガイはレオとエルナが帝都の外にいることを知っていた。

だからこそ、アルが無茶をしているのが意外だったのだ。

「……無茶しないといいんだがな」

きっと無茶をするだろうなと思いながら、ガイはつぶやく。

親しい者が関わったとき、アルは日ごろからは考えられないほど行動的になる。

無事でいろ。

そうつぶやいてガイは空を見上げた。

2

日は眩しいほど高く昇っていた。

一人隊列を抜け出したウィリアムは帝剣城の中層にある広場に着地した。

そしてクリスタをそっと降ろす。

クリスタはウィリアムから少し距離を取る。その手には虹天玉が入った袋が握られているため、ウィリアムは静かに手を差し出した。

「それを渡すんだ。クリスタ殿下」

「嫌……」

「子供に怖い思いをさせたくはないんだ」

「リタを打ち落としたのに……」

「彼女は子供じゃない。君の騎士だった」

情けはかけた。殺さないという情けだ。

しかし、騎士として扱ったつもりだった。それが最低限の礼儀だろうと思ったからだ。

だが、リタとクリスタは違う。

守る側と守られる側。虹天玉の入った袋を拾った行動力は勇敢といえた。さすがはアードラーの一族だと感心したりもした。

しかし、それだけだ。クリスタは戦士ではない。

「さぁ、早く渡すんだ」

「渡さぬなら腕を斬り落とすくらい言ったほうが効果的だぞ？」

「……」

遅れてきたゴードンがそう言って、クリスタに近づいていく。

そのゴードンの前に槍を突き出し、ウィリアムは動きを止めた。

「何の真似だ？」

「彼女と虹天玉を手に入れたのは私だ。処遇については私が決める」

「ふざけるな。お前はあくまで協力者。立場を弁えろ」

「立場か。ならば戦功者への褒美というならどうだ？　よもや戦功を立てた者に褒美もやれぬとは言うまい？」

ウィリアムの言い分にゴードンは眉を顰める。

しかし、ここで揉めても仕方ないと考えたのか、一歩引いた。

それを見てウィリアムは静かにクリスタに近づくと、その手にある袋を音もなく奪い取った。

「え……？」

「よく頑張った。しかしここまでだ」

そう言ってウィリアムは袋をゴードンに投げ渡す。

ゴードンは気分良さそうにそれを受け取ったが、そんなゴードンの機嫌を損ねる甲高い声が広場に響いた。

「ゴードン!!」

「ちっ……何の用だ？　ザンドラ？」

広場にやってきたのは怒り心頭といった様子のザンドラだった。

ゴードンは不機嫌さを隠そうともせず、ザンドラに対応する。

それが気に食わないのか、ザンドラはさらに怒りを爆発させた。

「何の用？　ふざけないでちょうだい!!　あんたの部下が無能なせいで、城は無茶苦茶（むちゃくちゃ）なのよ！　最後の虹天玉を探すどころじゃないわ！」

「なに？」

「敵に幻術使いがいるわ！　そいつが私に化けて、エストマンを逃がしたのよ！　あんたの部下はご丁寧にその偽物の私に従って、私を攻撃してきたわ！　城の上層にいたエストマンの部下たちはエストマンに従って、皇帝側についたわよ！」

「なんだと……!?　城のことは任せたはずだぞ！」

「私のせいだと言いたいわけ？　責めるなら禁術を見せても私を捕まえようとしてきた、あんたの無能な部下を責めなさい！　天球の台座には近衛（このえ）第一騎士隊が襲撃を仕掛けてきてるわ！

ラファエルが守っているけれど、相手がアリーダじゃどうなるかわからないわよ！」

すべてが順調だった。そのはずだった。

しかし、自分の周り以外では問題がどんどん発生していた。

そのことにゴードンは苛立ちを隠せなかった。

無能な弱者たちはこれだから困る。

「使えん奴らだ。お前も含めてな、ザンドラ」

「はっ、嫌味を言ってる暇があったら動いたらどう？　偽物が出た以上、兵士は私の言うことを聞かないわ。さっさと問題を解決しなさい、将軍」

「ちっ……お前はこれを台座にセットしろ。俺は城の中を制圧する」

そう言ってゴードンはザンドラに虹天玉の入った袋を渡し、城内の制圧に乗り出そうとした。

しかし、それをザンドラが止めた。

「待ちなさい！　この脳筋!!」

「なにぃ？　死にたいのか？」

「あんたには脳筋以外の言葉は似合わないわよ！　持ってみて気づけないのかしら？　これは偽物よ!!」

そう言ってザンドラは袋を地面に叩きつけた。

袋から転がり出た宝玉の見た目は間違いなく虹天玉だった。しかし、皇族の中でも優れた魔導師であるザンドラにはすぐにわかった。

これが精巧につくられた偽物なのだと。

「魔力も見た目も似せているけれど、本物の虹天玉はこんなもんじゃないわ！　まんまとはめられたわね！」

「なん、だと……？」

ゴードンは目を見開き、転がる偽物の虹天玉を見つめる。

やがて憤怒の表情を浮かべ、ゆっくりとクリスタへと近づいていく。

「謀ったか！　クリスタ！」

「よせ！　動きは間違いなく本物を守る動きだった！　味方すら謀った者がいる！　彼女に当たるだけ時間の無駄だ！」

「やかましい！　なぜ偽物だと気づかなかった!?」

「お前に気づけないものを私が気づけるわけがない。責任問題を持ち出す前に今後のことを考えろ」

「くっ……！」

ゴードンは苛立ちながら状況を整理する。

城内は混乱しており、天球はいまだ三段階目。最低でもあと一つ。虹天玉が必要になる。

帝都だけを見ればいまだゴードンが優勢だが、帝都の外には皇帝への援軍が着々と近づいているはずだ。

これ以上、長引かせるわけにはいかない。

しかし、城内の制圧にせよ、東門の制圧にせよ、時間がかかる。

帝都には多くの将軍がおり、大半がゴードン側についているが中には皇帝へ忠誠を誓っている将軍もいる。

また帝都にはそれなりの護衛を引き連れている貴族もいる。ゴードンが勝つか、皇帝が勝つか、静観を決めていたり、あえて動かずに警戒させてゴードンの動きを妨げたりと狙いはまちまちではあるが、彼らは無闇に動かずに戦力を温存している。

それらを押さえたり、攻撃に備えたりするのにも戦力を割いているため、全戦力を皇帝に向けることができないというのがゴードンの弱点だった。

どうするべきか。

ここから一気に流れを引き戻すには何ができるか。

そう考えているとき、ゴードンの視界にクリスタの姿が映った。

「は、はっはっはっ!!　まだチャンスはあるぞ！　拡声の魔導具を持ってこい！　敵に最後通告を出す！」

「何をする気だ……？」

「リーゼロッテはクリスタを見捨てられん！　クリスタを人質としてリーゼロッテを無力化する！」

「馬鹿な！　仮にも帝国元帥がその程度で揺れるはずはない！　デメリットしかないぞ！　やめろ！」

「貴様の小言は聞き飽きた！　騎士道精神に反するからといって、俺の邪魔をするな！」

「同盟相手として賢明な判断を促しているだけだ！　やるならせめて使者を立てろ！　帝都中に脅し文句を伝えれば、民の支持も兵士の支持も失い、敵を作るだけだぞ‼」

「使者を立てれば長引くだけだ！　俺は交渉をする気はない！　断るなら結構！　クリスタを城から突き落とし、自らの過ちを思い知らせてやろう！　激怒して攻め込んでくるなら、その隙に父上の首を取る！」

ゴードンはそう言ってクリスタの腕を引っ張り、広場の外周へと向かう。

城の中層とはいえ帝都のどの建物よりも高い。落ちれば間違いなく命はないだろう。

ウィリアムはゴードンの愚行に顔をしかめつつ、ザンドラに視線を移す。

「ザンドラ皇女。止めねば待っているのは破滅だぞ？」

「そうね。ゴードン、脅すのはいいけれど突き落とすのは駄目よ。クリスタは私にちょうだい」

「なにぃ？」

「人体実験の道具にするわ。ザンドラに引き渡すといえば、リーゼロッテもさすがに冷静じゃいられないはずよ」

愉快そうに笑うザンドラを見て、ウィリアムは気が遠くなった。

この状況で脅すのは構わないと言ってしまう神経が理解できなかったからだ。

それに対して、ゴードンは考えておこうと返した。

思わずウィリアムは空を見上げる。こんな晴れ渡った空ならば、何も考えずに飛べばさぞや気持ちいいだろうなと思いふける。

だが、いつまでも現実逃避もしていられない。

気持ちをすぐに持ち直し、ウィリアムは言葉を重ねる。

「考え直せ、ゴードン。決してお前の思い通りにはならん。甘い幻想を追いかけず、現実を見ろ。逆転の一手などという都合のよいものはない。使える戦力をすべて動員し、皇帝を討ちにいこう。私も出れば可能性は格段に上がる。皇帝さえ討てれば、援軍が来たとしても問題ない。帝都を捨てて、北部を拠点として帝国内を制圧すればいい」

「ふん！　そんなことを言って、お前の思惑は透けて見えるぞ？　どうにかして俺が連合王国に頼る状況にしたいのだろう？」

「だとしたらどうだ？　それで何が変わる？　お前の策が成功したとしても、諸侯はお前には従わない。それを短期間で制圧するには我が国の力が必要なのだろう？　結局、お前は連合王国を頼る。私が思惑を巡らせる必要がどこにある？」

「どうだか。どうせ反乱が終わって、帝国が乱れ始めたら私たちを裏切る算段なんでしょう？」

ザンドラの言葉にウィリアムは爪が食い込むほど拳を握り締めた。

勝手にしろと言いたかった。しかし、それは許されない。

ゴードン側についた以上、ゴードンに勝ってもらわなければ困る。ウィリアムの双肩には連合王国の命運がかかっていた。

万が一、ゴードンが皇帝を殺すことに失敗したら。

大陸最強の帝国の怒りが連合王国に向く。

連合王国、藩国、王国の三か国で戦ったとしても、勝てるかどうか。

いくら弱体化しようと帝国はどこまでいっても帝国なのだ。

皇帝が生存してしまえば、混乱期も短い。付け入る隙がなくなる。

そもそもウィリアムは王国と藩国はアテにしていなかった。三か国はゴードンを支援するという名目で手を組んだが、これほど信頼関係のない同盟は歴史的に見ても稀だ。

いつ裏切るかわからない同盟国。それを抱えながら戦えるほど帝国は甘くはない。

だからこそ、この状況は千載一遇のチャンスだった。

「私の思惑を探るのは結構！　好きにしろ！　しかし、言うべきことは言わせてもらおう！　お前の策は中立の立場の者たちを敵に回す！　そうなれば皇帝を討つのはより難しくなるぞ！」

「敵になるなら望むところ！　すべて粉砕してくれる！」

「いい加減にしろ！　目の前の敵をいともたやすく粉砕できるなら、人質を使う必要もない！　お前はお前が思うほど強くはない!!　敵を増やすな！　味方を増やせ！」

「ふん、貴様とは平行線のようだな。俺は俺のやりたいようにやらせてもらう。気に食わんなら国に帰れ」

そう言ってゴードンは部下が持ってきた魔導具を受け取り、帝都中に声を拡散させた。

「帝国元帥リーゼロッテ。聞こえるか？　聞こえているならば即刻皇帝を差し出せ。さもなければクリスタを処刑する」

竜騎士であるウィリアムは風の流れに敏感だった。

風が突然、正反対に吹き始めたのを感じとったウィリアムは小さくつぶやいた。

「向かい風となったか……」

風向きが変わった。

きっとこの風向きを再度変えるのは至難の業だと思えた。

それでもウィリアムは諦めるわけにはいかなかった。

3

「見ーつけた」

ザンドラの部屋で虹天玉を探していた俺は、ベッドの下に窪(くぼ)みを発見し、そこから虹天玉を発見した。

持てばわかる。偽物と比較すると深みが違う。これは間違いなく本物だ。

「しかし、ちょっと手こずったな」

そう言って俺は部屋を見渡す。

出したら出しっぱなしで探していたため、部屋は散らかり放題。服やら化粧品やらが部屋のあちこちに散らばっている。一目で誰かが入ったことがわかるだろう。

とはいえ。

今更片付けるのは面倒だし、このままでいいだろう。

「探したのが俺でよかったな。おっかない部屋だわ、ここ」

そう言って俺はあえて触れずに放置してある箱を見る。

禍々しい雰囲気を発しているその箱には間違いなく呪いが掛かっている。

それだけではない。似たようなのがいくつかあった。開けようとしたらどうなっていたことやら。

「こんな魔導具もあるぐらいだしな」

そう言って俺は球型の魔導具を見る。

一見するとただの球だが、中から魔力を感じる。きっと試作品の魔導具。相手に投げつける系の物だろうな。

探していて、こういうのが山ほど出てきた。一瞬、武器庫かと錯覚したほどだ。

いくつかそれをポケットに仕込みつつ、俺は転移門を準備する。

「さてと、これで城は用なしだな」

あるはずのない物を必死に探していてもらおう。

そんなことを思いつつ、俺は転移門に入ろうとする。

しかし、そんな風に俺がつぶやいた瞬間。

帝都中に声が響いた。

『帝国元帥リーゼロッテ。聞こえるか？　聞こえているならば即刻皇帝を差し出せ。さもなければクリスタを処刑する』

転移門に入ろうとしていた足が止まる。

内容の馬鹿さ加減はともかく、その言葉が出てくるということはクリスタが捕まったということだ。

「トラウ兄さんがゴードンに見つかるヘマをするとは思えないが……」

そうは思っていても、現実としてクリスタが捕まっている。なにかあったことは間違いないだろう。

俺は転移門の行き先を変更する。

捕まったなら放置はできない。ゴードンの近くにはザンドラがいるしな。

囮にしておいて、捕まったら知りませんでは筋が通らない。

そんな風に思っていると、俺はふと北の方を見た。

そしてニヤリと笑うと帽子を被り、兵士のフリをして転移門に入ったのだった。

■■■

エストマン将軍のおかげで城の上層は取り返すことができた。

それを再度奪取しようと城内の将軍たちは躍起になっている。このままでは無能のレッテルを貼られるからだろう。

アリーダはアリーダで台座への襲撃を続けているようだ。分厚い防衛網は抜けないようだが、そのおかげで敵の最大戦力の一人、ラファエルが足止めされている。

城の状況を把握しつつ、俺は城の広場へと向かう。

広場にいる主要人物は四人。

ゴードンとザンドラ、そしてクリスタと連合王国の竜王子、ウィリアムだ。

「敵の動きを待つだけ無駄だ！　今すぐ皇帝を討ちに行くぞ！」

「やかましいと言っている！　今動けばクリスタを人質に取った意味がない！」

「元々意味がないと言っている！　帝国元帥リーゼロッテの恐ろしさはお前よりも他国の人間のほうがよくわかる！　どれほど妹であるクリスタ殿下を愛していても、自分の職務を忘れるような人物ではない！」

「貴様にはわからんだろう。俺にはわかる。リーゼロッテはクリスタを溺愛している。血縁者だからこそわかることもある！　黙っていろ！」

「くっ……！　ならば我が竜騎士団だけでやらせてもらう！」

「なにぃ？　玉砕するつもりか？」

「逆転の一手がもしも存在するならそれしかないというだけだ。クリスタ殿下を人質に取ったことで中立勢力は向こうに流れる。お前の評判も地に落ちた。天球が展開されているうちに皇帝を討つしかない。無理でもなんでもやるしかない」

ウィリアムはそう言ってゴードン達から離れ、待機していた竜騎士たちの下へ向かう。

哀れだな。

状況がよく見えているがゆえにゴードンと衝突してしまう。

人質を取ればリーゼ姉上が何か動きを見せるとゴードンは信じており、ウィリアムのほうはそれはないと判断している。

そこに決定的な差がある。

あまりにも短絡的だ。根拠のない自信を抱き、信じたいものを信じる。

ソニアの父、ケヴィンの言葉を思い出す。

猪突猛進（ちょとつもうしん）するだけの猪（いのしし）のような息子を将軍にするほど、皇帝陛下は甘くはない。

そうだ。ゴードンは父上によって将軍に任じられた。元からこんな調子なら将軍に任じられるわけがない。

やはり何か裏がある。しかし、今は関係ない。

どんな理由、背景があろうとゴードンは反乱を起こし、実の妹を人質に取っている。

かつてどれだけ立派な人物だったとしても、今、愚行を繰り返せば愚か者だ。

他者の意見を聞かず、認めず。自分の思ったとおりに進むことを妄想し、真っすぐに行動する今のゴードンは災厄だ。

災厄ならば——祓（はら）わなければいけない。

「伝令!!　第七皇子アルノルトを捕らえました!!」

「だからどうした⁉　アルノルトなど眼中にはない！　あいつを捕まえたところで戦況には何の影響もない！　出涸（でが）らし皇子に何ができる？　そんなことに時間を割くなら早く上層を制圧しろ‼」

ウィリアムが十分にゴードンたちから距離を取ったのを見て、俺は兵士のフリをしてゴードンとザンドラに近づく。

声色を変え、立ち振る舞いを変えて近づいた俺にゴードンもザンドラも気づかない。

そんな二人に俺はザンドラの部屋から持ち出した魔導具を投げながら告げる。

「それは残念。足止めくらいならできるつもりだったんですがね」

「それは⁉」

「なに⁉　ごほごほ！　なんだこれは……⁉」

「呪いの煙よ！　吸うと体が麻痺（まひ）するわ！」

自分で作った物だからか、ザンドラの気づきは早かった。

ゴードンよりもいち早くその場を離れ、球型の魔導具から漏れ出た煙から脱出する。

もろに浴びたゴードンはいまだに煙の中だ。

その間に俺はクリスタの手を引き、広場の端まで連れていく。

「貴様ぁ……！　舐（な）めた真似（まね）を‼」

「いやいや、眼中にないと言われたのでやったまでのこと。これで少しは認めてもらえますかね？　兄上」

そう言って俺は帽子を外して自分の顔を晒す。

それを見て、ゴードンが今にも殺してやりたいという声色で告げた。

「アルノルトぉ‼　許さんぞ‼」

「アル兄様！」

「怪我はないか？　クリスタ」

「大丈夫……でもリタが心配……」

「そうか……リタにも悪いことをしたな。それとウィリアム王子。動かないほうがいいぞ？」

そう言って俺は袋を取り出して、そこから本物の虹天玉をゴードンたちに見せる。

すぐにザンドラが眉をひそめた。

「ザンドラ姉上ならわかるのでは？　これは本物です。必要なんですよね？　なら大人しくしていてください。乱暴な行動に出られると手が滑ってしまうかもしれません。虹天玉は丈夫な宝玉ですが、さすがにこの高さから落とせば割れるでしょうよ」

「その前に貴様の首を刎ね飛ばすこともできるぞ？」

「ならやってみたらどうです？」

一瞬、俺とゴードンの視線が交差する。

ゆっくりとゴードンに近づいたウィリアムが小声で警告する。

「下手なことをするな。まだ早い」

「わかっている！　アルノルト……貴様、クリスタたちに偽物を渡したな？」

「ご名答。最初から俺が本物を持っていましたよ。城の中に隠されていた最後の一つと合わせて、三つ。今、俺が持っています」

「最後の一つまで……なぜお前が持っている⁉」

「探したからですよ。宰相ならきっとイラッとするところに隠しているだろうと思いましてね。ザンドラ姉上の部屋だと思ったんですよ。そしたらビンゴでした。ああ、さっきの魔導具もそこで拝借しました」

「私の部屋を漁ったってことね……ふざけてるわ！　ただじゃすまないわよ……！」

「ふざけてるのはそっちでしょう。よりにもよって妹を人質に取るとか何考えてるんです？しかし、トラウ兄さんなら逃げ切れると思ったんですが……その様子だとウィリアム王子が介入したみたいですね」

連合王国の竜王子。

噂は聞いていたがなかなかに切れ者みたいだな。

俺はウィリアムの評価を上方修正しつつ、横で不満そうな表情を浮かべるクリスタの頭を撫でる。

「悪かったな。騙すようなことをして」

「アル兄様、性格が悪い……」

「手厳しいな。まぁ敵を騙すには味方からっていうし、許してくれ」

そう言いつつ、俺は持っていた虹天玉を袋に戻す。

そんな俺を見て、ザンドラが一歩前に出てくる。

「アルノルト。ずいぶんと調子に乗ってるわね？　虹天玉を人質に取ってるつもりでしょうけど、虹天玉を落としたらあなたを殺すわよ？」

「ええ、わかってますよ。だから取引にきたんです。俺とクリスタの無事と引き換えに虹天玉を渡します。どうです？」

「悪くない取引ね。けど、取引っていうのはある程度立場が均衡してないと成り立たないのよ？　私たちは虹天玉がなくても平気よ。あなたの思惑は外れたってわけ」

「なるほど、じゃあこれはいりませんね」

「なっ⁉」

「嘘⁉」

そう言って俺は袋から手を放す。

ゴードンとザンドラが目を見開き、一歩前に出る。

しかし、俺はすぐに袋をキャッチすると舌を軽く出して、二人をおちょくる。

「なーんてね。やっぱり必要なんじゃないですかー。嘘はよくないですよ？　ザンドラ姉上」

「くっ……絶対に許さないわよ……！」

「怖い怖い。さて、じゃあ交渉と行きましょうか。殺されたくはないんでね」

そう言って俺はニッコリと笑って告げたのだった。

「要求を聞こう、アルノルト皇子」

「さすがは竜王子。話がわかる」

怒り心頭なゴードンとザンドラを抑えつつ、ウィリアムが俺との交渉の席についた。

俺はそんなウィリアムに条件を伝える。

「条件はただ一つ。皇帝派の帝都撤退を見逃すこと。天球を一時解除し、俺たちを帝都の外に出してくれ」

「ふざ……けるなぁぁぁぁぁぁ!!!!」

ゴードンは激昂する。

ここまで追い詰めたのに、見逃せというわけだし、怒って当然だろう。

皇帝を討つために虹天玉が必要なのに、それを得るために皇帝を逃がしたら手段と目的が逆になってしまう。

だが。

「全員の撤退は認められない。君が約束を守る保証がないからな」

「でしょうね。言ってみただけです。それじゃあ、どこまでだったら認められますか?」

俺はおどけてみせながら、ウィリアムに訊ねる。

交渉事の鉄則として、自分から狙っている条件を言ってはいけない。条件は言わせるモノだ。

だから俺は絶対に無理な条件を最初に提示した。すでに主導権は向こうにある。

向こうが許容ラインを提示しなければ話は進まず、時間だけが過ぎていく。

それならそれで構わない。

「……最低でも君はこの場に残ってもらう。兄や妹を囮にしたんだ。自分が人質になるのは嫌だとは言うまい？」

「痛いところを突きますね。まぁそれはいいでしょう。それじゃあ俺が残り、それ以外は全員帝都の外に逃がすということで」

「それも容認できない」

「おやおや、あれも嫌、これも嫌では交渉になりませんよ？」

「そこを煮詰めるのが交渉というものではないかな？」

今にも俺に攻撃しそうなゴードンとザンドラという爆弾を抱えながら、よくもまぁ冷静に俺と交渉できるもんだ。

普通なら二人に意識が行きすぎて交渉事でボロがでそうなもんだが。

王子の身分でありながら竜に跨り、戦場を駆けるだけはある。大した精神力だ。

「では、改めて認められるラインを確認しましょう。どこまでだったら認められますか？」

「皇帝と宰相のみなら認められる」

「ご冗談を。二人を外に逃がしたあと、あなた方は天球を強化して他の皇族を抹殺する。そして側近を失った父上を仕留める気でしょう？」

「残念ながら我々も勝ちたいのでね」

ウィリアムがフッと笑う。

それにつられて俺も笑った。

惜しい人だ。ゴードン側についていなければ、この人を通じて連合王国を離反させることもできただろうに。

そんな風に思っているとゴードンが痺れを切らしたように肩を震わせて告げる。

「アルノルト……命が惜しければ早く虹天玉を渡せ……！」

「命が惜しいので渡せないんですよ」

「わかったわ。私たちはこの場を離れる。だからウィリアム王子に渡しなさい」

「笑わせないでください。遠くから魔法で狙って顔に書いてありますよ？」

妥協案を提示してきたザンドラに対して、俺は笑いながら返す。

ザンドラは舌打ちをして俺を睨む。やはりそういう気だったか。わかりやすい奴だな。

「ゴードンとザンドラ皇女は下がっていてほしい。彼との交渉は私がする」

「その交渉というのが気に食わんのだ！　なぜアルノルトごときに翻弄され、俺たちが下手に出ねばならん!!」

「俺が虹天玉を持っているからでしょうね」

「ふざけた話だ！　自分では何の力も持っていない癖に、たかが宝玉を持っているだけで俺たちと交渉だと!?　笑わせるな！　レオナルトにすべてを吸い取られた出涸らし皇子！　自分では何もできず、他者に笑われるだけの存在が調子に乗るな!!」

そう言ってゴードンは剣を抜き放った。

クリスタが俺の腕をギュッと摑む。

しかし、俺は動揺を見せず、ゴードンを真っすぐ見据える。

「それで？　俺を斬りますか？　その後どうするんです？　虹天玉がなければ父上を討つのは難しいでしょう。討つ前に勇爵かエルナがやってくる。そうなれば劣勢に立たされるのはあなた方だ」

「ゴードン……アルノルト皇子の言ってることは正しい。剣を収めろ」

「俺は誰の指図も受けん！　交渉など臆病者のすることだ！　力のない卑怯者が力ある者の足を引っ張るための小細工にすぎん！　お前にできることは足止め程度だ！　お前は何も持たない愚か者だ！　どうだ⁉　否定できるか⁉」

「いいえ、否定しませんよ。というか、それで挑発のつもりですか？　俺が怒って兄上と決闘でもすると？　馬鹿言わないでください。俺は人生の半分以上を帝国中から馬鹿にされてきたんですよ？　今更兄上に何を言われても気にしませんよ」

「この……！　お前のような者が血縁者だと思うと虫唾が走る！　皇族の面汚しめが‼」

「反乱者よりはマシでしょう」

俺は余裕を崩さない。自分の絶対的優位を確信しているからだ。

それが気に入らないからゴードンは吠えている。しかし吠えるだけでは効果はない。

ここはウィリアムに任せるべきだろうに、それすらできない。自らをコントロールできず、難事を他者に任せることもできない。

自分の力を絶対視し、自分の力で物事を解決したがるゴードンらしい反応だ。

「その口を閉じろ！　いますぐ首を刎ねてもいいのだぞ⁉」

「やれるものならどうぞ。たぶんウィリアム王子が止めますから」

「結局は他人頼みか！　つくづく見下げ果てた男だな！　お前といい、ルーペルトといい、なぜ俺と同じ血が流れていながらそうなのだ⁉　卑怯で臆病で、立ち向かう勇気すら持ち合わせていない！　お前たちの存在価値は一体なんだ⁉　皇族は絶対的強者だ！　お前らのような弱者がいるのはなぜだ⁉」

「そうか……ルーペルトは逃げたか」

「ああそうだ！　ルーペルトは逃げた！　クリスタが捕まりそうになっている中で、助ける戦力を持ちながら逃げたのだ！　あれほどの臆病者はそうはいまい！」

「あんたには一生わからんだろうさ……ルーペルトがどんな思いで逃げたかなんてな」

助けられるのに助けないというのはどれほど辛(つら)かっただろうか。

立ち向かうことの何倍も逃げるほうが難しい。その後の非難も考えれば、安易に立ち向かったほうがいいに決まってる。

立ち向かうことが勇気だと思う人のほうが大半だからだ。逃げるのは臆病者のすること。卑怯者のすること。そういう認識が常識だ。

だけど、きっとルーペルトは臆病だから逃げたわけじゃない。

勇気を振り絞って逃げることを選んだんだ。俺にそう言われたから。

「知りたくもない！　あんな臆病者の気持ちなど！　何も持たぬお前らのことなどわかりたく

もない！　俺は強者であり、王者だ！　お前ら弱者とは違う！」

「ふん……自分は特別で、他人とは違う。そういうのは聞き飽きた。血筋が優れているから？　他者より能力があるから？　それですべてが決まるなら今頃、大陸はＳＳ級冒険者が制覇しているだろうさ」

「黙れ！　奴らは人を率いる器ではない！　俺は立場に恵まれ、力に恵まれてここにいる！　その他大勢とは違う！　俺こそが至高！　その証拠に多くの将兵が俺についてきた！　それこそが正しい在り方だ！　弱者は強者に従えばいい！　お前も弱者なりに考え、俺に従え!!」

「暴論だな。これ以上は話しても無駄だろうさ。あんたと俺はわかり合えない。俺は他者を認めない者を皇帝とは認めない。俺だけじゃない。多くの人がそうだろうさ」

「従わぬなら粉砕するまでのこと！　弱者は強者には勝てん！」

「そうか……確認しておくが俺やルーペルトは弱者なんだな？」

「そうだと言っている！」

「なら、ここで俺たちが勝てばあんたの理論は破綻する。楽しみだよ。一体、次はどんな理論で自分の優位性を確保するのか」

「なにぃ⁉」

俺は一歩下がる。

元々広場の端にいた俺たちだが、もう後はない。

ここより後ろに下がれば地面に真っ逆さまだ。

クリスタが怖がるように俺に抱きついてきた。

そんなクリスタに俺は訊ねる。

「クリスタ、俺を信じられるか？」

「……いつも信じてる」

「そうか……ゴードン兄上、いやゴードン。あんたは俺に何も持たないと言った。たしかにそうだ。俺は何も持たない出涸らし皇子だ。持たざる者だろう。けどな、俺からすればあんたのほうが持たざる者だ。あんたはこの世で一番強いものを持っていない」

「個人の力に勝るモノなどない！」

「いや、あるさ。人間は一人じゃ生きてはいけない。得意なことや不得意なことはそれぞれで、性格もみんな違う。それが個性になっていく。自分の足りないところは他者に補ってもらって生きていく。だから社会を作り、国を作って、一つにまとまるんだ。その時に必要な力。それは人と人の繋がり。それを人は〝絆〟という。それで否定してやるよ。あんたをな。何もない俺だけど……俺は誰にも負けないモノを持っている。よく覚えておけ。俺の幼馴染は最強で――俺の双子の弟は最高だ」

そう言って俺は後ろに飛んだ。

体が一瞬浮き上がる感覚があり、そして落下し始める。

それと同時に外から轟音が響く。

天球全体を光の奔流が包み込み、その光の奔流によって天球はガラスが割れたように砕け散った。

そしてその砕けた天球の先。

天高く上がった眩しい太陽の光を背に、黒い鷲獅子がこちらに向かって急降下してきていた。

「悪いが、面倒事は弟に押し付けると決めているんだよ」

そう言って俺は猛スピードで迫るレオを見て、ニヤリと笑って右手を伸ばしたのだった。

4

ゴードンの騎馬隊をなんとか撒き、第一の包囲の強硬突破の機会をうかがっていたアロイスたちだったが、ゴードンの言葉を聞いて動きを止めていた。

「クリスタ姉上が……」

ルーペルトは城のほうを見て、茫然としていた。

しかし、そんなルーペルトをアロイスが叱咤する。

「殿下！　ここで眺めていても誰も救えません！　今はやれることをやりましょう！」

「でも……僕が見捨てたから……」

「あなたは見捨てたんじゃない！　皇族として責務を果たしただけです！　クリスタ殿下とて同じこと！　助けることが不利に働くと感じたから助けなかったのでしょう！　その判断に疑問があるなら僕が後押ししましょう！　あなたは間違っていない！」

「アロイス……」

「クリスタ殿下のことは城にいるグラウとアルノルト殿下にお任せしましょう。どちらもくせ者。上手くやってくれます」

「けど……相手はゴードン兄上だよ……？　何をするか……」

「何をするかわからないという点でゴードン殿下はあの二人の足元にも及びません。ご安心を」

そう言ってアロイスはルーペルトの気持ちを城から引き離した。

そして第一の包囲を見る。

なんとか突破してルーペルトを皇帝の下に連れていかねば。

それだけが今、アロイスの頭の中にあった。

それを支えるのはもしかしたらという言葉だった。

クリスタを攫える状況で虹天玉を逃すというのは考えられない。トラウが全力で守るはずだからだ。

トラウすら守れないほど追い詰められたということだ。

しかし天球は強化された様子はない。四つ目の虹天玉で強化さえすれば、人質など不要。外から破られる心配がない以上、じっくりと時間をかけて追い詰めればいい。

それをしない理由は一つ。

奪った虹天玉が偽物だったということだろう。

その考えに至ったため、アロイスはルーペルトを一刻も早く皇帝の下へ連れていきたかった。

状況的に本物はルーペルトの手元にあるか、アルノルトが持っているか。

真偽はどうであれ、疑われる位置にいる。こんな中途半端なところにいれば囲まれかねない。

だからアロイスは城に背を向けた。

今のアロイスにできるのはルーペルトを守ることだからだ。

■■■

ゴードンの言葉を聞いた皇帝ヨハネスは血がにじむほど剣を握り締めていた。

「ゴードンめ……！　武人としての誇りも捨てたか！」

「落ち着いてください。陛下」

「ワシは落ち着いておる……！　安心せよ！　突撃などと言う気はないわ！」

「それは安心いたしました。元帥は平気でしょうか？」

「愚問だな。宰相」

そう言ってリーゼはただ静かに城を見ていた。

何も変わらないリーゼを見て、宰相フランツはとても嫌な雰囲気を感じた。

ヨハネスのように怒りを露わにしていれば次の行動も読めるが、リーゼのように感情が出ていない場合、次の行動が読めない。

まるで嵐の前の静けさ。爆発する瞬間を待っているようにフランツには思えた。

そんなリーゼは部下から望遠鏡を受け取り、城の様子を観察し始めていた。

「どうだ、リーゼ？　なにか変わったことはあったか？」

「そうですね。困った弟が現れました」

そう言ってリーゼはフッと微笑み、望遠鏡をヨハネスに渡す。

ヨハネスはまさかとつぶやき、望遠鏡を覗きこむ。

広場の端にはクリスタと共にアルノルトがいた。

「あやつ……！　なんという無茶を！」

「手にご注目を」

「手？　なっ⁉　あれは虹天玉！　わざわざ敵の目の前に持っていくとは……」

「人質代わりといったところでしょう。壊すと言われて困るのはゴードンたちです」

「国としても壊されると困るのですが……」

リーゼはフランツの言葉を聞き流す。

今は物を惜しんでいる場合ではないからだ。

そんな中、ヨハネスが呻くように叫んだ。

「馬鹿者！　それ以上上下がれば落ちるぞ！　戻れ戻れ‼」

「言っても届きませんよ。それにアルは成功の見込みが薄いことはしません」

「そうは言っても……あそこからどうやって逃げる……？　飛び降りたら死ぬぞ……」

「それは私には何とも言えません。ただアルにはアルにしか見えていない世界があることは事実です。きっと今もそうなのでしょう」

そうリーゼが言った瞬間。

城からアルがクリスタと共に飛び降りた。

「アルノルト!!　クリスタ!!」

ヨハネスは思わず叫ぶ。

しかし、その叫びは天球の外からの轟音でかき消された。

ガラスのように砕け散った天球の向こう。

空から舞い降りる黒い鷲獅子を見て、リーゼはニヤリと笑って部下に指示を出した。

「総員戦闘準備。援軍が来た。今が攻め時だ!」

「リーゼロッテ……」

「父上は近衛(このえ)騎士団と共に帝都の外へ」

「……わかった。気をつけろ」

「ご安心を。弟と妹を迎えにいくだけです」

そう言ってリーゼは馬に跨(また)がったのだった。

■■■

時間は少し遡り、帝都の北側。

ようやく帝都が見える場所にレオたち一行がたどり着いたとき、すぐにレオとエルナは阿吽の呼吸を見せていた。

「エルナ、任せたよ」

「任せなさい！」

帝都を包む天球。

それだけで異常事態は見て取れた。

ゆえにレオは上昇し、帝都へ猛スピードで向かっていく。

長い強行軍の先頭を走っていたのに、どこにそんな力があるのかと他の鷲獅子騎士たちは啞然とするが、彼らをレティシアが叱咤する。

「追います！　ついてきなさい！」

レティシアはそう言って自らの鷲獅子に跨り、レオの後を追う。

主に遅れてなるものかと、少し遅れて鷲獅子騎士たちも続く。

彼らほどの速さはないものの、ネルベ・リッターの騎馬隊も速度をあげて帝都へ向かう。そんな騎馬隊の中でヴィンがため息を吐く。

「天球を壊せば虹天玉も壊れるんだがなぁ……国宝級の宝玉が最低でも三個。ちょっとは躊躇ってほしいもんだ」

「仕方ないかと。エルナ様ですので」

ヴィンの言葉にセバスが応じる。

そんな彼らの上ではエルナが右手を天に伸ばしていた。

「我が声を聴き、降臨せよ！　煌々たる星の剣！　勇者が今、汝を必要としている‼」

白い光が天より落ちてくる。

それをエルナが摑み、光は銀色の細剣へと変貌した。

「行くわよ！　極光！」

そう言ってエルナは聖剣を両手で上段に構える。

そして。

「帝都の防衛機構だか何だか知らないけど、私の邪魔を――するんじゃないわよ‼」

聖剣が振り下ろされ、巨大な光の奔流が天球を包み、天球は砕け散った。

それを見て、エルナはすぐに聖剣を消すと全速力で空を飛んで帝都へと向かう。

その後にはエルナの部下や合流した近衛騎士たちが続く。

「第四、第五騎士隊は帝都の外で待機！　天球が壊れたなら陛下は外に出るはずよ！　保護しなさい！　第三騎士隊は私に続きなさい！」

ほかの近衛騎士隊に指示を出し、エルナはさらに速度を上げる。

一刻も早く駆け付けたかったからだ。

しかし。

「一番乗りはレオに譲るしかないわね……」

エルナの視界ではレオが城へ向かって急降下していた。

■■■

帝都の上空に位置したレオは、エルナが天球を破壊する前に降下へ入ろうとしていた。

「行けるね、ノワール」

心強いその鳴き声にノワールはもちろんと言わんばかりに鳴く。

レオの言葉にノワールはもちろんと言わんばかりに鳴く。

その途中でエルナによって天球が破壊され、レオは真っすぐ帝都へと降下していく。

皇帝を閉じ込めるように展開された天球。そこから城は制圧されたものだと踏んで、レオは城に降下していた。

しかし、レオの視界に城から飛び降りるアルの姿が映った。その横にはクリスタもいる。

レオはただ体が反応するままに、ノワールに速度をあげるように指示を出す。

だが、すでにこれ以上ない位の速度が出ていた。人が乗っている状態では最高速度といってもよかった。

しかし、ノワールはさらに速度を出した。レオに配慮することをやめたのだ。

それをレオが望んでいるとわかったからだ。

まるで流星のように急降下を始めたノワールとレオは、一気にアルとクリスタの下へたどり着く。

速度を調整し、同じ高度でレオはアルが伸ばした手に自分の手を伸ばす。

しかし、風のあおりを受けて、中々手を掴めない。

「くっ！」

レオは焦ったように再度手を伸ばそうとするが、そんなレオとアルの目が一瞬合った。

それだけで二人は一度手を引き、同時のタイミングで手を伸ばした。

がっしりと二人は手を握り合い、アルとクリスタをレオが引き寄せる。

自分の後ろに二人を乗せたレオは、急いで手綱を引く。すでに地面はすぐ近くだった。

ギリギリのところで衝突を回避したレオたちはUの字を描くように空へと再度上昇した。

そして。

「よぉ、レオ。遅かったな。どこかで昼寝でもしてるのかと思ったぞ？」

「やぁ、兄さん。これでも急いだんだよ。それにしても、会わない間にまた危ない遊びを覚えたね。クリスタと一緒にするのはやめてほしいかな」

数日ぶりの会話はひどく軽いものだった。

互いに笑い合いながら他愛のない言葉を交わす。

「レオ兄様！」

「やぁ、クリスタ。怖かったかい？」

「うん、いろいろと怖かった……けど、落ちるのは意外に楽しかった」

「まいったなぁ。そっちは楽しいかもしれないけど、こっちは気が気じゃないんだよ？」

クリスタの返答にレオは苦笑する。

そしてゆっくりと帝都の様子を見た。

上から見れば帝都のあちこちで戦いが起きているのがわかった。

「酷い状況だね……」

「悪いな。もっと上手くやれればよかったんだが……」

「ううん、十分だよ。生きてさえいてくれれば」

そう言ってレオは剣を引き抜く。

城からは竜騎士団がレオたちめがけて飛んできていた。

「疲れてるところ悪いんだが、後始末を任せていいか？」

「もちろん。ここからは〝僕ら〟の出番だからね」

そう言ってレオは剣を構えたのだった。

5

「これほど早く帰ってくるとは想像していなかった」

竜に跨り、レオの前に出てきたウィリアムはそう正直に告げた。

その顔は計画が完全に瓦解したというのに、どこか晴れやかだった。

「ウィリアム王子。悪いことは言いません。即時降伏を」

「すでに勝った気でいるのか……我が竜騎士団はいまだ健在！　アルノルト皇子の持つ虹天玉を奪い、再度天球を展開すればまだまだ戦える！　勇者といえど二度も全力で聖剣を使えまい!!」

「僕らと戦っている間に父上は安全圏に離脱します。あなた方に勝利はない」

「今はそうかもしれん！　だが帝都を確保しておけば本国と連携して戦える！　勝者とは……最後に立っていた者のことだ！　我が国の勝利のため……足掻かせてもらうぞ!!」

そう言ってウィリアムはレオに突撃してくる。

俺たちが乗っている以上、レオは高速での空中戦は行えない。

しかし、そんなレオとウィリアムの間に白い鷲獅子が割って入ってきた。

「させません！」

「聖女レティシア……！」

ウィリアムは自分の一撃を防がれたため、一度距離を取る。

レティシアはレオを庇うように前に出ると、杖を構えた。

「無事だったことを嬉しく思いますよ。聖女レティシア」

「あなたに無事を祝われるとは思いませんでした。ウィリアム王子」

「ええ、そうでしょう。あなたを罠にはめるのに、我が連合王国も協力している。誰もがあなたの死を願ったはずだ。だが……それでは負けを認めたことになる。我が連合王国はあなたを倒すことができぬから、汚い奸計に頼った。しかし、あなたが死ねば一生証明できなくなる。

我が竜騎士団は王国の鷲獅子騎士団より上なのだと。失った信頼も取り戻せなくなる。成功してしまえば、竜騎士団よりも奸計が重んじられる。自分を納得させたつもりだったが、あなたがここに現れて私はホッとしている」

「そう思うならば降伏し、今すぐ過ちを正すべきです。この反乱に大義はありません。関われば連合王国の名誉を汚すことになります」

「そのような議論はすでに飽きるほどなされた。我が連合王国は名誉よりも領土が欲しいのだ。王族である以上、国の方針には従わねばならん。すべてはもっと早くあなたを討つことができなかった、私の弱さが原因なのだから」

そう言ってウィリアムは槍(やり)を構えた。

きっと次は総出で掛かってくるだろう。

チラリと周りを見渡せばほかの鷲獅子騎士たちも駆けつけてきていた。数は竜騎士には劣るが、そもそも鷲獅子のほうが飛竜よりも強く、優れている。飛竜が勝っているのは繁殖力と調教のしやすさくらいだろう。

まぁ軍事利用するなら飛竜のほうが優れているといえるが、質で劣る部分を量で補う戦法を取らざるをえない。

だが、この程度の数の差なら鷲獅子騎士たちは逆転できる。

ただ気になるのはレティシアの姿。どう見ても疲れている。

誘拐され、すぐに取って返してきたわけだし仕方ないことかもしれない。

「レオ……お二人を連れて安全な場所へ。私たちが時間を稼ぎます」

「レティシア……」

レオがレティシアを心配そうに見つめる。

そんな二人のやり取りに俺は苦笑する。

「護衛はいらん。俺とクリスタはゆっくりと父上のところへ向かうさ」

「え？」

「レオ、レティシアを守れ。今の彼女に竜王子の相手は重い」

「侮らないでください。私は大丈夫です。お気になさらず」

「そういうわけにはいかんさ。大事な新しい義妹だからな」

「なっ⁉　私の方が年上です‼」

「残念だったな。俺はレオの兄貴なんだ」

そう言うと俺はフッと笑って、その場で立ち上がる。

レティシアは顔を真っ赤にして自分のほうが年上だとアピールしてくるが、俺はそれを丁寧に無視する。

そして。

「レオ、レティシアを守れ。一度守ると言ったなら、何を差し置いても守るんだ。男の守るという言葉はそこまで軽くはないからな」

「兄さん……」

「安心しろ。俺には俺の騎士がいる」

そう言うと俺はピョンとレオの鷲獅子から飛び降りる。

さきほどではないが、落ちればまず命はない高さだ。

そんな俺に向かって三騎の竜騎士が降下して、襲撃をかけようとしてくる。

だが。

「任せた——エルナ！」

俺たちに接近していた竜騎士たちは一瞬で吹き飛ばされて、城へめり込む。

そして俺とクリスタの体を風の魔法が包み込み、ゆっくりと着地させてくれた。

「今回はあんまり楽しくない……高さが足りない」

「はっはっはっ!! じゃあ次はもうちょっと高いところから飛ぶとしよう」

そう言って俺はクリスタの頭をポンポンと叩く。

すると俺の後ろで誰かが着地する音が聞こえてきた。

それだけで誰かわかる。

「ご苦労、騎士エルナ」

「遅参をお許しください、殿下。近衛第三騎士隊、殿下の下に馳せ参じました」

エルナがそう言った瞬間。

エルナの部下が続々と俺の周りに着地した。

全員がやる気満々。頼もしいかぎりだ。

そんな風に思っていると、ゴードンが拡声の魔導具ですべての兵士に指示を出した。

『帝都にいるすべての兵士に告げる！　第七皇子アルノルトを捕らえろ！　生死は問わん！　奴の持つ三つの虹天玉を奪え!!　成し遂げた者には望むままの報酬をやろう！　出涸らし皇子を捕らえるのだ!!』

「おー、怖い怖い。ガチギレだな」

「大丈夫よ……アルのことはみんなで守るから」

「ああ、頼りにしてるよ」

そんな風にエルナと喋っていると城から続々と兵士が出てきた。

動かせる戦力をすべて使う気か。

俺一人にご苦労なことだ。

「中々に数が多いですな。指がいくつあっても足りません」

「雑兵なんて数に入らないわ。疲れたなら寝ててもいいわよ？　マルク」

「ご冗談を。ここで寝たら踏みつぶされてしまいますよ」

エルナの部下であるマルクが肩をすくませる。

そんなやり取りに俺が笑うと、マルクが剣を抜いた。

「あなたを助けるのは幾度目でしょうか？」

「さぁな。助けられすぎて覚えてない」

「ではこれからは数えるようにしてください」

「無理だな。指がいくつあっても足りん」

マルクの言葉を借りて俺はそう返す。

そんなに助けられる気なのかとマルクが軽くため息を吐く。

「困った方だ。本当に」

「諦めなさい。アルはそういう人間だから」

そう言うとエルナはゆっくりと剣を高く掲げた。

そして魔法を使って、自らの声を帝都中に響かせる。

「帝都にいる騎士よ、兵士よ。私、エルナ・フォン・アムスベルグの声を聴きなさい。よくここまで持ちこたえたわ。よくこの都を守った。あなたたちの流した汗と血はすべて称賛に値する。それでもあなたたちに休みは与えられない。陛下に捧げた剣に託した誇りが、軍服に袖を通したときの誇りが……まだ残っているなら奮い立ちなさい！　守るべき殿下が陛下の下へ向かう！　守りなさい！　誇りにかけて！　今、帝国を守る者の真価が試されている!!　辛く、もう駄目だと思うなら思い出しなさい!!　帝国を守るすべての者の背中には――アムスベルグがついている!!!!」

それは檄だった。

疲弊した騎士や兵士たちを奮い立たせる勇気の言葉。

まだやれるのだと思わせる魔法の言葉。

次の瞬間、帝都中から歓声が上がった。

アムスベルグがついている。それは帝国に住むすべての人にとって、もう大丈夫だという知らせに等しいからだ。

「走って、アル。みんながあなたを守るから」

「ああ、助かるよ。お前も気をつけろよ？　聖剣使って疲れてるだろ？」

「愚問ね。私は絶好調よ。今なら誰が来ても負けないわ、だから後ろは気にせず走って。城からの兵士は誰も通さないわ！」

そう言ってエルナは城から溢(あふ)れるように出てきた兵士たちに突撃する。

エルナと正面衝突した兵士たちがどんどん吹き飛ばされていく。

「確かに絶好調みたいだな」

「エルナ強い！　安心！」

「そうだな。じゃあ言われたとおり後ろは気にせず行くとするか。走れるか？　クリスタ」

「大丈夫……！」

クリスタの返事を聞き、俺はクリスタの手を握って走り出す。

こうして俺とクリスタの帝都縦断が始まったのだった。

第三章　帝都縦断

1

帝都の北門。その近くにマリーの姿があった。

元々、ミツバの護衛を引き受けていたマリーだが、数人の護衛と共に要人を装って敵兵を引き付けていた。

しかし、それがバレてからは追ってきた敵兵を蹴散らし、この北門までやってきていた。

レオが来るなら北からだとわかっていたからだ。

「もう少し戦闘訓練をしておくべきでしたね……」

既に幾度も戦ったあとだ。左腕は負傷しており、短刀を持つ右手の握力はほとんどない。それでもマリーはここにやってきた。

ここが一番重要だからだ。

一度別れたミツバたちに合流するのは至難の業。今できる最善。それは門を開けること。

天球を破ったところで門を開けなければ大勢は入ってこられない。北門の制圧は最重要項目といえた。

だが、敵とて馬鹿ではない。東門を制圧された時点で、各門には守備部隊が置かれていた。

ざっと見ただけで数十人。

訓練された兵士たちだ。対して、この場にはマリーのみ。

多勢に無勢ではあるが、やらないという選択肢はなかった。

本来ならミツバの護衛を最優先にしなければいけない立場だった。それでもミツバの傍を離れたのは、ここで重要な仕事ができると考えたからだ。

ミツバの傍にはほかにも護衛がいる。統率できるアロイスもいた。だからこの場に来たのだ。

城の中でも、外でも。誰もが今できる最善をしている。

自分だけが現状に甘えてはいられない。

決意を固めると、マリーは門の開閉装置に向かって歩き出した。

なるべく部隊の死角から死角へと移動していく。相手は数十人。一度に相手をすれば勝ち目はない。一瞬の隙を突く必要がある。

門さえ開けられれば、その後は何とか維持するだけ。

だが、帝都には天球がある。これが破られなければ門を開けたところで意味はない。

だからマリーは敵の近くでずっと息をひそめた。気配を消し、その時を待った。

必ず来ると信じていたから。

そしてその時はやってきた。

巨大な光の奔流が帝都の外から飛んできて、天球が崩れ去っていく。

その様子に北門の守備部隊が動揺する。

今しかない。

マリーは一気に開閉装置に近づくと、動揺している二人の兵士を音もなく倒す。そして開閉装置のスイッチをいれる。

魔法による自動開閉だ。ゆっくりと北門が開いていく。

「門が開いているぞ⁉」

「どういうことだ⁉」

「すぐに止めろ！」

混乱していた部隊もさすがに門が開けば気づく。

兵士が二人、倒されているのを見つけた部隊の者たちは、マリーの存在に気づいて排除しようとする。

だが、マリーは投げナイフを投擲して、近づいてきた兵士を仕留める。

「次はどなたですか？」

投げナイフを見せつけるように回す。ただの足止めだ。時間稼ぎにしかならない。だが、兵士の足が止まった。

開閉装置を止めなければいけない以上、兵士は突っ込むしかない。だが、そうなればただの的だ。死にたくない兵士たちの足がすくむのは仕方のないことだった。

「怯むな！　たかが女一人だ！　一斉に突撃せよ！」

部隊の士気が下がったのを見て、隊長が号令を発する。

その隊長目掛けてマリーは投げナイフを投擲するが、隊長はすんでのところでナイフを弾く。

「手練れなのは間違いないが、落ち着けば問題ない！」

そう言って隊長は兵士たちに突撃を命じた。隊長の言葉に勇気を得た兵士たちは陣形を組んで突撃していく。

マリーは淡々と兵士たちを投げナイフで迎撃するが、一人がそのナイフを掻い潜り、マリーに肉薄する。

内側に入られたマリーは、その兵士の剣を避けながらナイフで喉を斬った。だが、その隙に他の兵士たちも続々と突撃してくる。

もっと時間を稼がなければ。

ただ、それだけを考えてマリーは突撃してくる兵士たちを倒していく。だが、兵士の剣がどんどんマリーに迫る。致命傷は負わないまでも、小さな傷が増えていく。

それでもマリーは開閉装置の前に立ち続けた。

「何を手こずっている⁉　相手は女一人だぞ⁉」

痺れを切らした隊長が自ら突撃してくる。

迎撃しようとしたマリーだが、すでにナイフが切れていることに今気づいた。

仕方なく、落ちていた剣を拾って隊長の剣を受け止める。

「降伏すれば命までは取らんぞ！　メイド！」

「降伏するくらいなら……こんなところには来ませんよ……」

マリーは満身創痍だった。それでも隊長を押し返す。

思った以上にマリーがやることを察した隊長は、剣を構えながら訊ねる。

「なら主の名前だけ聞いておこうか？」

「私の主はレオナルト様です。あなたたちこそ降伏を考えるべきでしょうね……」

城の上空。黒い鷲獅子の姿を認めたマリーは軽く微笑み、剣を力一杯、開閉装置に突き刺した。これで閉じる時には多少なりとも邪魔になるだろう。

「このっ！」

もう剣を振る力もない。それがマリーのできる最後の時間稼ぎだった。

あとは開閉装置に覆いかぶさってやろう。それくらいならできる。

マリーは目を瞑る。

レオに仕えるようになったのはお金が必要だったからだ。最初はただの専属メイドだった。

だが、能力を認められ、多くのことを任されはじめた。

その頃になれば、マリーもレオに心酔していた。この人なら帝国をもっとより良い国にできると思い始めていた。

多くの人が皇帝になるのはエリク、ゴードン、ザンドラの誰かだと思っていた。それでも。

マリーはレオが皇帝になるべき人だと信じていた。そして、今日が無事に終われば多くの人がそう思うことになるだろう。

帝都を救った皇子。その名声はエリクにも劣らない。

その手伝いができたなら、それでいい。マリーは静かに隊長の剣を見つめた。

ゆっくりと剣は近づいてくる。刺されたら、開閉装置に覆いかぶさる。その後は開閉装置から手を離さない。

頭の中でこれからのことを考えていた。

だが、隊長の剣はマリーには届かなかった。

「まさか、俺より早くにマリーさんが来てるとは思わなかったぜ。さすがレオのメイドさんってところですかね？」

「……ガイ様？」

「これでも気を利かせたつもりだったんですがね。ちょっと遅かったみたいだ」

現れたガイは剣を肩に担ぎながら笑う。

冒険者たちが参戦を決めた時点で、ガイは真っ先に北門に向かっていた。フィーネからレオが援軍として北から来ると聞いたからだ。

どういう形で来るにせよ、北門が開いていたほうが楽に決まっている。そう考えての行動だったが、来てみたらすでに北門は開いていた。

「冒険者がなぜ邪魔をする⁉」

「冒険者ギルドが許可してくれたんでな。積極的な治安維持なら問題はないらしいぜ？　お前たちは暴徒と変わらんってことだろうさ」

「我らが暴徒だと!?　冒険者風情が舐めるな!!」

隊長はガイの言葉に激怒して剣を振るう。

全力の突きだ。しかし、その突きをガイはあっさりと弾いた。そして無防備な隊長の横腹を斬る。

「お前たち軍の奴らは冒険者風情と俺たちを侮るがな？　こっちからしたら兵士風情なんだよ。お前たちは戦争に備えて毎日訓練してるんだろうが……こっちは毎日が戦争だ。お前たちとは経験が違うんだ、経験が」

ガイは横腹を押さえて倒れた隊長を一瞥し、残る兵士に目を向けた。マリーが数を減らしたとはいえ、まだまだそれなりの人数がいる。

一斉に掛かってこられたら面倒だな。そんな風にガイが思案したとき。

黒い風が兵士たちの間を駆け抜けた。

そして風のあと、全員が首から血を流して倒れていく。

その黒い風の正体が幼馴染の執事だと気づいたのは、執事がいつものように背筋を伸ばして自分に挨拶してきた時だった。

「ご協力に感謝いたします。ガイ殿。門を開ける手間が省けましたな」

「よう、セバス。礼ならマリーさんに言ってくれ。俺は今来たところさ」

「なるほど。ありがとうございます。マリー殿。今は一分一秒を争う事態ですので、助かりました」

セバスがそう言った時。

騎馬隊が北門を続々と通り抜けていく。速度を一切落とさないのは、それだけ時間が大切だからだ。

「セバスがここにいるってことは、アルは一人か？」

「どうでしょうな？　周りが手薄なのは確かかと」

「仕方ねぇ奴だなぁ、まったく」

ため息を吐きながらガイはつぶやく。そして開閉装置の前にいたマリーの下へ近づいていく。

「ちょっと行くところができちまった。マリーさん、一人で平気ですか？」

「大丈夫です。お気遣いに感謝します」

「なら、安全なところに避難してください。帝都の中央は軍と冒険者が衝突するんで、近づかないで」

そう説明すると、ガイは立ち上がる。

「セバスはどうするんだ？」

「敵を減らしながらアルノルト様の下へ向かいます。ガイ殿も行っていただけるなら助かりますな」

「まぁ、探す努力はするが、見つけられるか？」

帝都は広い。今、アルがどこにいるのかガイにはさっぱりだった。だが、そんなことを口にしたとき。

『帝都にいるすべての兵士に告げる！　第七皇子アルノルトを捕らえろ！　生死は問わん！　奴の持つ三つの虹天玉を奪え!!　成し遂げた者には望むままの報酬をやろう！　出涸らし皇子を捕らえるのだ!!』

ゴードンの声が帝都中に響いた。それを聞いて、ガイは状況を察した。

「なるほど、あいつが主役か。珍しいことだな？」

「それだけの事態ということですな」

「なるほど。じゃあ行くか。騒がしい所に行けばいるだろうしな」

「あのっ！　ガイ様！」

走り出そうとしたガイをマリーが呼び止める。

そして。

「助けていただき感謝します。それと……アルノルト様に会ったらお見事な策だったとお伝えください」

「策？」

「戦力を帝都の外に置き、それを援軍とする。アルノルト様の策です。この状況はすべてアルノルト様の予想通りかと」

「はっはっはっ！　アルらしいな。それなら俺の自慢が広く自慢と認められる日も遠くないか？」

「自慢ですか……？」

「そうそう。第七皇子アルノルトとは幼馴染なんですよ。すごいでしょ？　俺の幼馴染は」

快活な笑みを浮かべると、ガイは走っていく。気づけばセバスの姿も見えない。

一人残ったマリーはガイの言葉に確かにと頷く。

「私に見る目がなかっただけですね」

レオが評価されていなかった頃から、マリーはレオを評価していた。けれど、アルを評価することはできなかった。

多くの者が今日、同じように気づくだろう。自分の見る目のなさを。

見抜けた者はごく少数。落ち込んでも仕方ない。

そう思いながらマリーはその場を後にしたのだった。

2

帝都は広い。

クリスタの足に合わせていたらいつまで経っても城門には着かない。

どっかで馬でも調達しようかと思っていると、数名の兵士が俺たちを見て叫んだ。

「いたぞー!!　出涸らし皇子だ!!」

「ありゃ、見つかったか」

後ろからの敵はエルナが完全に抑えている。

しかし、横から来る敵はさすがのエルナでも抑えきれない。

まいったな、と思っていると逆方向からまた違う一団がやってきた。

「殿下を守れ!!」

「道を作れ!!」

エルナの言葉に触発されたのか、反乱に参加していない兵士たちが俺とクリスタを守るように立ちはだかった。

彼らが敵を抑えている間に、俺とクリスタは先へと進む。

そうやって小さな集団同士の小競り合いに遭遇しつつ、俺たちは着々と東門へ向かっていた。

父上はさすがに帝都の外に出ただろうが、リーゼ姉上は性格的に帝都から撤退するとは思えない。

たぶんこのタイミングを好機ととらえて攻めに出るだろう。

そこらへんを総合すると、東門へ向かうのが一番安全だ。

問題なのは東門に行くまでに敵が多すぎるという点だろう。

「はっはっはっはっ!!!! 出涸らし皇子がまんまと現れたぞ!!」

「げっ」

大通りを進んでいると、進行方向を封鎖する一団がいた。

その数はざっと見て五百から六百。

笑い声をあげているのは四十代の将軍だ。

褒美は望むままといわれ、妄想が止まらないんだろう。

正直、笑い声がきもい。

「この俺の出世の糧となってもらうぞ！　出涸らし皇子!!」

「いやいや、ごめんだな。そんなの」

そう俺が言ったとき、北側から傷を負った兵士が馬に乗ってやってきた。

将軍の前で馬を降りると、兵士は告げる。

「伝令！　北門が破られました!!」

「北門が破られただと!?　守備兵は何をしていた！　外に誰も出さぬように見張っていたはずだぞ！」

「そ、それが守備兵は何の反応もなく……」

「馬鹿者！　油断しおって!!」

そう将軍は怒るが、きっと守備兵はそこまで油断していなかったはずだ。

ただ、戦力が足りなくて突破されただけのこと。それだけ帝都の外には強力な戦力を置いておいた。

そして聞こえてきた馬蹄(ばてい)の音に俺はニヤリと笑った。

「あそこを通りたいんだ。道を開けてもらえるか？　大佐」

「お任せを、殿下」

馬蹄の音は後ろから聞こえてきた。

振り返るまでもない。

彼らは北門を抜けて、俺のところまで進んできたんだろう。

俺の横を通り抜ける瞬間、先頭を走る男、ラースが俺の言葉に応じた。

続々と俺たちの横を騎馬が通り過ぎて、進路を塞いでいた一団に襲いかかる。

勢いのついた騎馬隊の突撃を受けて、敵兵はコテンパンに蹴散らされていく。

騎馬の掲げる旗に描かれているのはバツ印の付いた盾。

自らの信念に従って、主に傷をつけた異質な騎士。

帝国軍唯一の騎士団。

「ご苦労、ネルベ・リッター。面倒事ばかり頼んで悪いな」

一瞬で敵兵を制圧し終えた彼らに俺は告げる。

それに対して彼らは敬礼で応じた。

「お安い御用ですよ」

そう言って俺の前に出てきたのはネルベ・リッターの隊長であるラース大佐だ。ラースは俺の分の馬を引いて来てくれていた。

「気が利くじゃないか。そろそろ走るのが億劫になっていたところだ」

「そうだろうと思いまして、良さそうな馬を見繕わせました」

そう言って俺とラースは笑い合う。

俺は馬に跨ると、クリスタを引っ張り上げて自分の前に乗せた。

「さて、じゃあ行くか。護衛を頼む」

「はっ」

こうして俺たちはネルベ・リッターの護衛を受けて東門に向かうことになったが、クリスタは周囲を見渡して誰かを探していた。

「どうした？　クリスタ」

「アル兄様……ジークは？」

「そのうち来るさ」

そう言って俺はクリスタの頭を撫でる。

ジークのことだ。今頃、リンフィアにこき使われているんだろう。

クリスタはジークがいないことに不満そうだが、俺の正確な居場所がわからない以上、彼らは散らばったはず。

たまたまネルベ・リッターが俺の近くにいただけの話だ。

場所さえわかれば戦力は集結する。

といってもそれは敵も同じこと。一発逆転のためにゴードンたちは俺を狙うしかないからだ。

「なかなか厳しい戦いになるぞ、大佐」

「望むところです。我々には我々の矜持があります。同じ反乱者でも我々は大義のために動きました。しかし、彼らは違います。反乱者の風上にも置けません。反乱者の流儀というものを教えてやろうと思います」

そう言ってラースは男前な笑みを浮かべる。

彼らは元騎士だ。主が不正を行ったため、大義のために主を裏切った。決して自分のためではない。

そこに彼らの誇りがある。

ゆえに、今回の反乱は許せないんだろう。

「前方に一団！　数は一千から一千五百！」

「大人気ですね」

「溢れんばかりの魅力を抑えきれなくてな」

「そのようですね。突撃準備！　殿下たちを守りながら突破する!!」

俺とクリスタを囲むようにネルベ・リッターが一塊となり、敵に突撃する。

ラースが先陣を切って道を切り開き、その道を俺たちは辿っていくが、敵もなかなかに強い。

武闘派の将軍の部隊だろうな。

「敵も手練れが出てきたか」

そう俺がつぶやいたとき、敵の中から二人の将軍が飛び出てきて、俺の首を狙ってくる。

ネルベ・リッターの隊員がその将軍の攻撃を防ぐが、防ぐのが精いっぱいで体勢を崩された。

やはり武功で出世したタイプの将軍か。この手のタイプが一番面倒だ。

力もあるし、たたき上げのせいか油断もしない。

とはいえ。

「アルノルト皇子！」

「その首貰った!!」

「舐めないでもらおうか。手練れがいるのはそっちだけじゃない」

俺に向かってきた剣は二本の槍によって逸らされる。

そして二人の将軍を含めて敵が一気に弾き飛ばされた。

ようやく来たか。

「ジーク様！　華麗に参上！」

「ジーク!!」

「痛ーい!!　引っ張るんじゃねぇ!!」

俺たちが乗る馬の頭に着地したジークだったが、すぐにクリスタに後ろから耳を引っ張られて痛みでもだえる羽目になった。

しまらない奴だなぁと思っていると、横からもう一人の手練れが声をかけてきた。

「ここはお任せを。アル様は先へ」

「さすがはリンフィア。良いタイミングだ」

ジークとは対照的に静かに現れたリンフィアは、槍を振るって敵兵を眠らせて俺の道を作ってくれる。

たしかリンフィアは俺をアルノルト様と呼んでいた。なかなか打ち解けられないなと思っていたが、ここでアル様と来たか。いつからアル様と呼ぶようになったのかと、からかいたい気持ちもあったが、残念ながら時間がない。

「この先は帝都の中層。冒険者が敵と衝突しています。その混乱に乗じれば抜けられるかと」

「良い情報だ。助かるよ」

冒険者たちも立ち上がったか。

まぁ彼らは気まぐれだ。

気に入るか気に入らないか。結局、彼らの判断基準はそれだけだ。

ゴードンは気に入らないという結論になったんだろうな。

そんな風に思っているとリンフィアがジッと俺を見てきた。

「どうした？」

「いえ、お怪我がないようで安心しただけです」

そう言ってリンフィアは微かに笑う。

リンフィアなりに心配してくれていたらしい。

「オレも安心したぜ！　元気いっぱいだな！　おい！」

クリスタにもみくちゃにされて、ジークがそう叫ぶ。

若干皮肉交じりだが、クリスタは気にしていないようだ。

そんなジークだったが、リンフィアによって救い出される。

「あー……ジークが……」

「助かったぜ……リンフィア嬢……」

「遊んでないで働きなさい」

「ひどい!?　あー!!」

リンフィアはジークを敵の将軍めがけて投げつける。

まさかそういう攻撃が来るとは思わなかったのか、敵の将軍が一瞬、対処に迷った。その隙を逃さず、ジークは空中で回転して体勢を整えると将軍の肩に乗った。

「なんだと……?」

「熊舐めちゃいけないぜ。可愛くて強いからな」

そう言ってジークは槍の柄で将軍の顔を殴りつける。

間合いに入られた将軍は思いっきり吹き飛ばされた。

その隙に俺は半数のネルベ・リッターと共にその場を走り抜ける。

残りはリンフィアたちと共に残って足止めだ。

まぁリンフィアたちならさっさと制圧できるだろう。

難関はここからだ。

「簡単に突破できると助かるんだがなぁ」

「そう簡単にはいかないでしょう」

ラースの返答に俺は肩をすくめた。

敵の視線は俺に集中している。当然、行かせまいと集まってくる。

元々、敵の戦力のほうが圧倒的に上だ。

のんびりしてると量に押しつぶされかねない。

だが、かといってさっさと突破できてしまうのも困る。

もうしばらく俺に夢中になっていてもらわないと援護にならないからな。

ニヤリと笑いながら俺は馬を走らせる。

「アル兄様……悪い笑い方してる」

「そうか？　そんなことないぞ」

ニッコリと笑って、俺はクリスタの頭を撫でるのだった。

3

中層の東側は冒険者と敵のぶつかり合いで大混戦になっていた。

魔法や矢が飛び交い、剣と剣がぶつかり合う音が響き合う。

そんな中で俺たちは立ち往生していた。

「こりゃあ進めんな」

「馬を捨てる！　全員下馬！」

ラースは騎馬でこの一帯を抜けるのは無理だと判断し、馬を捨てる決断をした。

賢明な判断だ。

戦況は冒険者有利に運んでいる。指揮系統が乱れ、個々の力や判断が物をいう展開だからだ。

冒険者にとってそれはいつもやっていることだ。

予測不能なモンスターの動きに対応するため、冒険者は常に考えて動くことを要求される。

彼らにとって混乱状態の兵士など相手にもならないだろう。

圧倒ではなく有利程度なのは単純に敵の数が多いからだ。

元々中層にいた兵士が多かったんだろう。

そんな風に思っていると突然鋭い声が飛んだ。

「魔法だ!!」

戦場の端で移動していた俺たちに向かって大量の魔法が飛んできた。

ネルベ・リッターの隊員たちは剣でそれを払い、もしくは軌道を逸らすが爆風まではどうにもならない。

俺とクリスタの近くに魔法が着弾する。咄嗟(とっさ)にクリスタを庇(かば)うが、その爆風で俺は少し吹き飛ばされた。

「殿下!?!?」

「痛っ……大丈夫だ。それより構えろ……来るぞ!!」

そう言った俺の視線の先には、怒りに燃えたザンドラが配下の魔導師を率いてやってきていた。

まさに魔女といわんばかりの雰囲気だ。

危機察知に優れた冒険者たちは、ザンドラに思わず道を譲ってその場を離れる。

触るな危険と咄嗟に判断したんだろうな。

「御機嫌よう、ザンドラ姉上」

「機嫌が良さそうに見えるかしら？」

「おや？　もしかして怒ってます？」

「当たり前よ。今すぐあんたを殺したいわ」

「まぁまぁ、部屋を漁ったのは謝りますよ。見せる相手もいないのに派手な下着を持っているとか、誰にも言いませんから」

一瞬で火球が飛んできた。

ラースがなんとか双剣で弾くが、その顔には冷や汗が流れていた。

「挑発はほどほどに……次は止められないかもしれません」

「そりゃあ大変だ……逃げるぞ！」

俺は背中を見せて思いっきり走り出す。

後ろから猛烈な勢いで魔法が飛んでくるが、なんとかネルベ・リッターたちが弾いてくれる。

クリスタとは離れてしまったが、ネルベ・リッターの隊員たちが傍にいるし、なんとかなるだろう。

それより俺の命のほうが危うい。

「おっと⁉　今のはヤバかった‼」

「だんだん狙いが正確になっています‼」

ラースの声が切羽詰まっていた。

戦場で魔導師の数は火力に直結する。

しかもその火力が俺に集中しているんだ。ヤバいのは当然だろう。

そう思ったとき、俺の首を狙って風の刃が飛んできた。

転がるようにして回避するが、転がった先がまずかった。

「出涸らし皇子！　貰った！」

「ちっ！」

ネルベ・リッターたちから離れる形になったうえに、敵兵の目の前に転がってしまったのだ。

どうにか剣を避けようとするが、たぶん間に合わない。

だが、その敵兵は横から思いっきり蹴り飛ばされて、剣を振り下ろすには至らなかった。

「悪いな、幼馴染なんだ。乱暴はよしてくれ」

「おー！　ガイ！　良いところに来たな！」

「良いところに来た、じゃねぇよ！　わんさか敵引き連れてきやがって‼　もうちょっと穏便に移動できなかったのか？」

敵兵を蹴り飛ばしたのはガイだった。

俺と話しながらガイは周囲の敵を蹴散らす。そんなガイに守ってもらうため、俺は立ち上がってガイと背中合わせになる。

「悪いんだが、守ってくれ。うちの姉上が激怒してる」

「なにしたんだよ？」

「下着について触れたのがまずかったな。見せる相手もいないのにってのは言い過ぎだった」

「そりゃあお前が悪いわ」

「やっぱそうか？」

「で？　何色だった？」

「三種類あってだなぁ」

　なんて会話をしていると、また魔法が飛んできた。

　咄嗟にガイが剣で魔法を弾くが、思った以上の威力だったのか腕が痺れたらしい。

「痛ってぇ……マジギレだな」

「どうやらお前も抹殺対象になったみたいだぞ。めっちゃ睨んでる」

「とばっちりだな！　まったく！」

「好奇心を抑えられないのが悪い」

「そりゃあそうだろうよ！　ザンドラ皇女！　美女の下着といわれると気になるのが男ってもんだ！　俺は美人だと思いますよ！　まだ浮いた話がないのが不思議なくらいだ！」

「うるさいわよ！　死になさい!!」

　ザンドラが顔を真っ赤にしてどんどん魔法を連発してくる。

しかし怒りのせいか、精度に欠ける。量より質。よく狙えばいいものを。

まぁよく狙われたら困るから挑発してるんだが。

「こりゃあまずい。悪い！　冒険者たち！　助けてくれ‼」

ラースたちネルベ・リッターはザンドラ配下の魔導師に魔法を撃ちこまれ、足止めを食らっている。

護衛がガイだけでは心許ないので俺は冒険者たちに助けを求めた。

しかし。

「俺、ザンドラ殿下が帝都一の美女だと思ってるから無理です！」

「俺も俺も！」

「前から綺麗だと思っていたが、今は蒼鷗姫以上だ！　怒った顔も素敵だなぁ！」

「ちっ、日和りやがったな」

冒険者たちはザンドラと戦いたくないがために、口々にザンドラを称賛する。

それがザンドラの怒りに油を注いでいることにはたぶん気づいていない。

「全員まとめて消えてなくなりなさい‼」

そう言ってザンドラが大魔法の準備をする。

言葉どおりまとめて消す気だろう。

せめて人のいないところに。

そう思ったとき、この近くで最も高い建物の上で大きな声が響いた。

「やらせませんですわ！」

「お願いします。ミアさん」

見ればミアとフィーネがそこにはいた。

ミアは目いっぱい弓を引き絞っている。

向こうは向こうでデカいのを撃つ気なんだろう。

「良いアシストだ。フィーネ、ミア」

そう言って俺はザンドラを無視して走り出す。

どんどん高まるミアの魔力に気づき、ザンドラは俺からミアに標的を切り替えざるをえなくなった。

そして。

「威力勝負なら望むところですわ!!」

「調子に乗るんじゃないわよ！」

ザンドラの大魔法とミアの最大威力の魔弓がぶつかり合う。

戦場を一瞬、白い光が包み、空中で大爆発が起きた。

爆風が戦いを一時中断させる。

爆風のあと、静寂が戦場を支配した。

その場にいた全員が爆風の衝撃からすぐには立ち直れなかったからだ。

しかし、そんなのお構いなしで俺に突っ込んできた男がいた。

「アルノルトぉぉぉぉぉ!!!!」

「元気なことで……!」

ザンドラの部屋にあった麻痺(まひ)の魔導具を浴びたというのに、もう回復したゴードンが俺に向かってきていた。

さすがに回避する手段はない。

だから俺は諦めて虹天玉が入った袋を投げつけた。

まさかそれを投げつけるとは思わなかったんだろう。

ゴードンは意表をつかれ、足を止めてその袋をキャッチした。

「馬鹿め！　自分の命がそんなに惜しいか！」

「馬鹿か……そっくりそのままお返しするよ」

そう言って俺はニヤリと笑って、袋を開ける仕草をして見せた。

ゴードンは一瞬、何事かと怪訝(けげん)な表情を浮かべるが、試しに袋から虹天玉を出してみた。

「な、に……？」

袋に入っていたのは三つの球だった。

一つは俺が探し出した虹天玉。残りの二つはザンドラの部屋で見つけた球型の魔導具だ。

「こんなところまでご苦労様だな。だが残念。天球の発動に必要なのは三つ。一つじゃ天球は発動できないぞ」

「そんなはずは……お前が虹天玉を持っていたはずだぞ!!」

「俺が持っていたのは一つだけだ。見もしないのに俺の言葉を信じてくれてありがとう。おかげで時間は稼げた。今頃残りの二つは父上の下だろうな」

「あ、ありえん！　お前が持っていないなら誰が!!」

「誰だろうな？　案外、あんたが見逃した相手かもしれないぞ」

そう言って俺はフッと笑う。

そんな俺の後ろから呆れた声が聞こえてきた。

「帝都中の敵の視線を自分に集中させるとはな。危険なんてものではないぞ？」

「兄や妹を囮にしておいて、自分が囮になるのは嫌じゃ筋が通らないでしょう？　それに城に籠られれば姉上も手を焼くかと思いまして。どうです？　引っ張り出しましたよ？」

「ご苦労。よくやった。さすがは——私の弟だ」

そう言ってゆっくりと現れたのはリーゼ姉上だった。

その後ろにはリーゼ姉上直下の部下たちが控えていた。

「幕を下ろす時だ！　ゴードン！」

「くっ！」

こうして帝都中層の戦いは冒険者対反乱軍から、リーゼ姉上率いる皇帝軍とゴードン率いる反乱軍の決戦へと移行したのだった。

4

帝都上空では鷲獅子騎士たちと竜騎士たちで空中戦が繰り広げられていた。

状況はやや鷲獅子騎士優位で動いている。

理由は、エルナによって城がほぼ封鎖され、それを打破するために空の足として竜騎士を派遣し続けているのが一つ。数騎は抜けることができたが、派遣する度にエルナが隙を見て竜騎士を斬り落とすため、どんどん数が減っていくのだ。

もう一つは竜王子ウィリアムに対して、レオが一人で善戦しているからだった。

「鷲獅子に乗って数日で私と互角とはな！　末恐ろしい皇子だよ！　君は!!」

そう言ってウィリアムはレオの背後を取ろうとするが、レオは巧みにノワールを操り、逆にウィリアムの背後を取ろうとする。

飛竜と鷲獅子では鷲獅子の方が能力は高い。しかし、ウィリアムが乗る赤い飛竜は飛竜の中でも特殊な個体で鷲獅子に迫る能力を持っていた。

ゆえにその点においての差はあまりないといってよかった。だからこそ、ウィリアムはここでレオを仕留めねばと強く思った。

まだ空中戦に慣れていないうちに仕留めねば、いずれ手の付けられない猛者になりかねない。

しかし、全力で倒しに行っているのにウィリアムはレオを仕留めきれずにいた。

「これならばどうだ!!」

ウィリアムは突然降下し、レオの下から突撃する。

それに対して、レオは効果的な対処を取れなかった。見たことのない攻撃。しかも馬よりも高速で動く生物だ。それは仕方ないことだった。

だからこそウィリアムは手ごたえを感じていた。普通ならばダメージを与えられるタイミング。

しかし、レオはウィリアムの突き出した槍をギリギリで受け流した。

「くっ！」

まただとウィリアムは歯ぎしりする。

幾度もウィリアムは動きでレオを圧倒していた。空中戦にはウィリアムのほうに一日の長がある。そこには明確な差があった。

しかし、レオはそこで無理に追いつこうとは思わなかった。

自分の役目はあくまでウィリアムという強者を足止めすること。そうすれば他の鷲獅子騎士が動きやすくなる。

動きで負けるのは当然。最後の部分でやられなければそれでいいと割り切り、防御に意識を割いているため、レオはウィリアムの攻撃を受け流すことができていた。

だが、それだけならばウィリアムとてここまで苦戦はしない。

攻撃を受け流されたウィリアムは一度距離を取って、体勢を立て直そうとするが、そんなウイリアムの下からレオは突撃を仕掛けた。

それはさきほどウィリアムが仕掛けた攻撃と同種の攻撃だった。

同じ速度で上昇し、攻撃してくるタイミングで横に移動して相手の攻撃を躱す。

それを見て、レオはニッコリと笑った。

「なるほど。そうやって躱すんですね」

勉強になりますと笑うレオの姿を、ウィリアムは城から飛び降りるときに笑っていたアルと重ねた。

笑みの種類は違う。

しかしそこにある迫力に差はない。どちらも他者に言い知れぬ恐怖を抱かせる。

「双黒の皇子とはよく言ったものだ……」

見ただけで動きを真似できるのは尋常ではないが、それを相手に向かって使い回避方法を学ぶなど、ウィリアムにはできないことだった。

完璧に返されてしまえば自分が危険に晒される。

帝国の双黒の皇子。どちらも能力があることは疑いようがない。だが、真に警戒すべきはその精神性。

他者を欺き、城から笑いながら飛び降りる兄に、戦闘中に敵から勉強をし始める弟。どちらもまともではない。度胸があるとかそういう次元の話ではない。

畏怖すら覚えながらも、ウィリアムは槍を握りなおす。

　早く倒して、地上の援護にということも頭からなくす。

　今、ここで倒さねば後はない。既に技術を吸収され始めている。

「レオナルト皇子、君は強い。認めよう」

「光栄です。ウィリアム王子」

「戦場ではない場所で会いたかった。そうすれば互いに尊敬できただろう」

「今からでも遅くありません。過ちは正すべきです」

「もはや手遅れだ。君の一存で連合王国を許せるかな？　これだけの被害を出したのだ。無条件では許されまい。もう退くことはできん」

「交渉する前から諦めるのはよくありません。今の帝国は敵が多い。連合王国が味方になってくれるならどれほどありがたいか」

「兄弟揃って口が上手いな。だが……被害を受けた国民は納得しない。相応のモノを求めるだろう。我が父か兄の首だ。私の首で満足してくれるなら喜んで差し出すが、私の首では格が足りない。ゆえにこそ止まれん。君を討ち、聖女レティシアを討ち、帝国の皇帝をも討つ。それが今の私にできることだからだ」

　そう言ってウィリアムは槍を構える。

　それに対してレオも剣を構えた。

「それならば無理やりでも止めるだけです。あなたには誰もやらせない。この帝国の空では勝手はさせない！」

静寂は一瞬。

互いに真っすぐ勢いをつけての突撃。

それが幾度も繰り返される。

帝都上空の戦いはいまだ決着が見えないでいた。

■■■

「殿下！　もう少しです！」

「うん……！」

アロイスとルーペルトは第一の包囲を強行突破し、東門に近づいていた。

傍にいるのはアロイスの騎士たちだけだ。

ミツバたちは近衛騎士たちと共に包囲の手前で待機していた。

どうして二手に分かれたのか？

それはリーゼが敵の包囲に突撃を仕掛けたからだ。敵の注意はそちらに向かった。

これならば少数で一気に動くべきだとアロイスは判断し、近くの家にミツバたちを待機させた。近衛騎士たちには包囲が崩壊した場合、後に続くように指示を出し、僅かな手勢で突破を図ったのだ。

アロイスの読みどおり、リーゼに注意が向いていた敵はアロイスたちに対応ができなかった。

あっさりと突破したアロイスたちは皇帝がいるであろう東門に走っていた。

そして。

「止まれ！　何者だ！」

「アロイス・フォン・ジンメル伯爵です！　ルーペルト殿下をお連れしました！」

騎士に呼び止められたアロイスは大きな声でそう告げた。

すると、騎士の後ろから声が飛んできた。

「真か！　ルーペルト！　無事であったか！」

「父上……」

皇帝ヨハネスはルーペルトの姿を見つけると、すぐに傍に駆け寄った。

そして怪我がないか確認すると、強く抱きしめた。

「よくぞ無事にたどり着いた！　大した子だ！」

その言葉を聞いた瞬間、ルーペルトの目から涙がこぼれた。

多くの者が安心して泣いたのだと思ったが、それは違った。

ルーペルトはヨハネスからそっと離れると、その場で膝をついた。

「……お許しください……僕は腰抜けです……」

「どうした？　何があった？」

「ここに来る途中……クリスタ姉上やトラウ兄上を見捨てました……」

「陛下！　これには理由が！」

アロイスが慌てて理由を説明しようとするが、ヨハネスは手で遮る。

そしてそっとルーペルトの頭に手を乗せた。

「見捨てたなどという言葉を使うな。その涙を見れば辛かったことはよくわかる」

「僕は……囮でした……アルノルト兄上に囮を任されました……本物の虹天玉を持っているように振る舞えと言われ……何があっても逃げろと言われました……ですが……逃げろと言われて本当に逃げることしかできない僕にどんな価値があるのでしょう……僕は皇族なのに……何もできなかった……」

国の危機にあって、重要な働きもできず、家族も民も助けられない。

どうして、自分はこんなに弱いのだろう？　どうして、こんなに弱虫なのだろう？

自分がもっと強ければ。そんな後悔ばかりがルーペルトの頭の中をめぐる。

だが、そんなルーペルトの言葉を聞き、ヨハネスはまさかという表情を浮かべながらゆっくりとルーペルトの腰に下げられた袋に手を伸ばす。

そしてそれを開き、自分の手元に出す。

そこには、二つの宝玉が入っていた。

それを見て、ヨハネスはゆっくりと立ち上がる。

「ルーペルト。ワシはお前の評価を改めねばならん」

「はい……」

罰せられる。

そうルーペルトは思った。

当然だ。姉と兄を見捨てるような奴には罰がお似合いだ。

そんな風にルーペルトは思っていたが。

「さきほどは父としてお前に言葉をかけた。だが、ワシは皇帝としてお前に言葉をかけねばならん。〝よくぞ逃げ切った〟、ルーペルト皇子。これは――本物の虹天玉だ」

「え……?」

「アルノルトはお前に本物を渡していた。敵を騙すには味方からという。あやつらしい手だ。そしてお前ならば必ず逃げ切ると信じたのだろう。辛くとも、苦しくとも、お前は必ず役目を果たすと信じ、お前はそれに応えた。見事だ」

そう言ってヨハネスは膝をつくルーペルトを立たせる。

そしてその肩を強くつかんだ。

「自らを卑下するな！　誇ってよい！　お前は皇族の責務を果たした！　兄の期待に応えたのだ！　さすがはワシの子だ！」

「ぼ、僕は……」

「何も言うな！　言わなくていい！　アロイス！　よく息子を守ってくれた！　この一件が終われば二人には勲章をやろう！　それに値する功績だ！」

そう言ってヨハネスはアロイスも称える。

それに対して、アロイスは静かに頭をたれた。

「陛下。虹天玉がここにあるのならば急ぎましょう。アルノルト殿下が時間を稼いでいる間に帝都を出るべきです」

「うむ……アルノルトにも勲章が必要だな。あれは嫌がるだろうが」

「陛下。包囲の外にはミツバ様とジアーナ様が近衛騎士と共におります。そちらに増援を送ってはいただけないでしょうか」

「なに？　二人も無事であったか。さすがはアロイス。見事というしかないな」

そう言ってヨハネスはミツバたちのために兵を割くことを約束した。

それを聞いたアロイスはさらにもう一つお願いをした。

「それと――馬を数頭お貸しいただきたいのです」

「なに？　どこへ行くのだ？」

「アルノルト殿下とクリスタ殿下の下へ行ってまいります」

「二人ならば心配いらん。リーゼロッテも向かっている」

「はい。僕程度では戦力にはならないでしょう。しかし、行かねばならないのです。僕はルーペルト殿下の騎士ですので」

アロイスはそう言うと立ち上がる。

そしてルーペルトに向かって告げた。

「行ってまいります。殿下の代わりに」

「アロイス……うん！　姉上たちをお願い！」

「はい、かしこまりました」

ニコリと笑ってアロイスは用意された馬に跨る。

そしてリーゼが空けた包囲の穴が閉じ切る前に馬を走らせた。

それを見送りながらヨハネスはルーペルトに向かって笑みをこぼした。

「よい騎士を持ったな」

「はい！」

そうして皇帝の一行は東門から帝都を出たのだった。

5

「リーゼ姉様!!」

クリスタはリーゼが来たのを見て、思わずそう叫んだ。

しかし、戦場の喧騒の中では声は届かない。

「殿下！　すぐに離脱します。ついてきてください！」

アルとの合流を諦め、クリスタの傍に戻ってきていたラースは、今の戦況でクリスタがここに留まる危険性をよくわかっていた。

それゆえ、すぐに離脱を提案した。

「でも、アル兄様が……」

「あの方の傍にはリーゼロッテ元帥がいます！　上手く離脱するでしょう！　我々のほうが問題です！」

「……わかった。離脱する」

「ではこちらへ！」

そう言ってラースは数名の部下と共に、クリスタを戦場から離脱させるために動き始める。

すでに乱戦状態に近いため、ネルベ・リッターの多くも散り散りになっていた。

時間をかければ再集結もできるだろうが、それをするのはあまりにも危険だった。

なにせ、リーゼという猛将に対して真っ向勝負を危険と判断した場合、真っ先に狙われるのはクリスタだからだ。

そしてその判断は間違ってはいなかった。

「いたぞ！　クリスタ殿下だ！　捕らえろ！」

「ちっ！　もう来たか!!　お早く!!」

先陣を切ってきたのは武闘派の将軍だった。

ラースはその将軍の動きを止め、部下と共にクリスタを先に急がせる。

クリスタは足手まといにならないように、必死で走り続けた。

だが、そんなクリスタの足に何かが絡みついた。

「きゃっ！」

思わず悲鳴をあげて、クリスタはその場で転んでしまう。

足のほうを見れば、地面から木の根が生えてきており、それがクリスタの右足に絡みついていた。

「魔導師だ！」

ネルベ・リッターは地面に手を当てている魔導師を見つける。

ザンドラ配下の魔導師だ。

ネルベ・リッターの隊員は、すぐに木の根を斬ってクリスタを立たせるがそうしている間に木の根はあちこちから生えてきていた。

クリスタを狙うその木の根を斬るだけで手いっぱいになり、移動ができない。

「殿下！　走れますか！」

「なんとか……」

クリスタは顔をしかめながら答える。

本当は右足が痛くて仕方なかった。

木の根が絡んだときに捻ったのだ。

しかし、ここで弱音は吐けない。だからクリスタは痛みを我慢し、右足をひきずりながら走り始める。

だが、木の根を自在に操る魔導師を相手にそのスピードでは逃げ切れなかった。

一本の木の根がクリスタの体に巻き付き、クリスタを引っ張る。

なんとかこらえようとするが、クリスタの抵抗ではたかが知れていた。

一瞬、クリスタの体が浮く。

まずい。クリスタがそう思って、誰にということもなく右手を伸ばす。

しかし、ネルベ・リッターの隊員たちは木の根と周囲の敵で手いっぱいだった。

クリスタの手を掴む者は誰もいない。

そう思えたが、横から小さな手がクリスタの手を掴んだ。

「うぉぉぉぉぉ‼‼　ど根性‼‼」

「リタ⁉」

突然現れたのはあちこちに傷のできたリタだった。

クリスタを連れていかせまいとリタは両手でクリスタの腕を掴み、その場でこらえる。

「頑張れ！　クーちゃん‼　リタも頑張る！」

「うん！」

子供二人の抵抗。

木の根一本では足りないと判断した魔導師は、ほかの木の根を追加しようとする。

だが、そのせいで自分の横にユラリと現れた男に気づかなかった。

「なにを……しておるかぁぁぁ‼‼」

「なっ⁉」

魔導師の傍に現れたのはトラウだった。

トラウは持っていた剣を魔導師の体に突き刺すと、飛んでいけとばかりにそのまま蹴り上げる。

しかし、そのせいでトラウもふらつく。

「く、ククラするであります……」

「大きな声は禁止といったはずです！　トラウゴット殿下！　血が足りていないんですから！」

そうトラウを注意したのはウェンディだった。

トラウとリタはウェンディの幻術で、戦場で邪魔されずにクリスタの下までたどり着いたのだった。

その周りには護衛であるライフアイゼン兄弟たちもいた。

ライフアイゼン兄弟は、興奮して大きな声をあげながら暴れてしまい、ふらつくトラウを支える。

「殿下、お気を確かに！」

「目が回るであります……」

「自業自得です！　死にかけたのに無理をするからですよ！」

「ロリフに怒られたであります……」

落ち込んだような台詞（せりふ）ではあるが、トラウの顔にはなぜだか満足そうな笑みが浮かべられていた。

ウェンディは木の根から解放されたクリスタの下へ向かうと、その足に簡易の治癒魔法をかける。

「痛みを軽減させる魔法です」

「ありがとう、ウェンディ。リタやトラウ兄上もウェンディが？」

「応急処置だけです。本来なら動いてほしくはないんですが、行くといって聞かなく……どちらも相当な怪我なのですが」

「リタは平気！　痛くない！　騎士だから！」

「またそんなことを……」

ウェンディは呆れつつ、クリスタを立たせる。

そしてクリスタを離脱させようとするが、そのための幻術が上手く発動しなかった。

「魔力が……」

「大丈夫。無理しないで」

「クリスタ殿下！　幻術なしで離脱します！」

ライフアイゼン兄弟にクリスタは頷く。

しかし、戦力が大幅に増強されたわけではない。

トラウはほぼ動けず、そのトラウに左右から肩を貸しているライフアイゼン兄弟の動きも制限されている。

まともに動ける戦力は、さきほどからいる数名のネルベ・リッターの隊員だけというのは変わっていない。

「見つけたぞ!!　クリスタ皇女!!」

戦場の外側にいたのだろう。

数騎の騎兵がクリスタの姿を見つけ、戦場へと入ってくる。

ライフアイゼン兄弟がクリスタを守ろうと身構えるが、その騎兵の横からさらに騎士が現れた。

クリスタたちと騎兵の間に割って入ったその騎士は、呆気にとられる先頭の騎兵の首を飛ばす。

そしてその騎士に続いてきた他の騎士が他の騎兵に突撃し、いとも簡単に吹き飛ばした。

「ご無事ですか？　クリスタ殿下」

「アロイス……」

「はい。アロイス・フォン・ジンメル。ルーペルト殿下の命によりクリスタ殿下を助けに参りました。どうぞ、お乗りください。この場を離脱しましょう」

そう言ってアロイスは馬上で優しく笑うとクリスタに手を伸ばす。

アロイスと共に騎士たちもトラウやリタたちを後ろに乗せ、すぐに離脱する準備を整えていた。

クリスタは恐る恐るアロイスの手を握る。

アロイスはクリスタを引っ張り上げ、自分の背中側に乗せる。

「あまりこういうことを言うのはよくないんでしょうが、無駄足ではなくてよかったです。ルーペルト殿下に恰好をつけて出てきたので」

「ルーペルトは無事……？」

「はい、ご無事です。すでに陛下と合流しております」

「よかったぁ……ありがとう。弟を守ってくれて」

「それが僕のやるべきことでしたので」

そう言ってアロイスは邪気のない笑みをクリスタに向けた。

そして、全員の準備ができたのを確認し、アロイスは指示を出す。

「戦場を離脱する！　怪我人もいる！　冒険者ギルドへ向かうぞ！　近場で一番安全なのはあそこだ」

運が良ければ治癒魔法の使える者がいるかもしれない。

そういう可能性も考慮し、アロイスは冒険者ギルドへ向かうことに決めた。

このまま皇帝の下へ行けば、さらなる称賛と勲章が手に入ることは間違いない。

だが、アロイスはそういう手柄にはひどく無頓着だった。

そんな彼らの姿を見守る人物が近くの家屋の上にいた。

「危うく老人が若者の活躍の場を奪うところでした。危ない危ない」

そう言ってセバスは苦笑して、アロイスたちを見送った。

アロイスやトラウたちが来なければセバスがクリスタを助けるつもりでいた。

しかし、アロイスたちが来たためセバスは裏方の仕事に戻った。

セバスの傍には数人の死体が転がっていた。

兵士、冒険者、恰好はバラバラだ。しかし、全員が首元に鋭い切り傷があった。

「潜んでいた暗殺者はほぼ片づけたでしょうか」

セバスは門での攻防を終えた時点で援軍とは別行動をとり、戦場をかき乱す存在である暗殺者の始末を行っていた。

そしてその活動は一段落したと判断し、セバスはポキポキと首を鳴らす。

「さて……そろそろいつもの執事に戻るとしましょうか」

そう言ってセバスは穏やかな笑みを浮かべたあとに一瞬で姿を消したのだった。

6

戦場からの離脱。

それは言うほど簡単じゃない。

「逃がさないわよ！　アルノルト！」

「はぁ……」

しつこい姉がいるならなおさらだ。

ザンドラは大局を無視して俺のことを追いかけ続けていた。

リーゼ姉上とゴードンはぶつかり合い、リーゼ姉上の部下によって反乱軍はかなり劣勢。

そんなときに俺へ構っている暇はないだろうと高をくくっていたのだが、兵士をなぎ倒してザンドラが現れた。

　そこから鬼ごっこの開始だ。

　兵士たちの乱戦に巻き込まれてはたまらないと、俺は家屋の屋根に移ったが、ザンドラが魔法を放ってくるので屋根から屋根を伝って移動せざるをえなかった。

「しつこいですよ！　ザンドラ姉上！」

「黙りなさい！」

「まったく……虹天玉が偽物だった時点で俺に戦略的価値はありません。俺に構うだけ時間の無駄ですよ！」

「それはどうかしらね！　レオナルトとエルナに対しては人質として使えるわ！」

「あの二人が俺を人質にして止まるわけないでしょ。火に油を注ぐだけですからやめといたほうがいいですよ」

「うるさいわね！　あんたの意見なんて聞いてないのよ！」

　そう言ってザンドラは俺に向かって魔法を放ってくる。

　頭に血が上って適当なことを言ってるわけではなく、本当に人質にする気のようで首は狙ってこない。

　怒りに任せて追いかけているわけではないか。

　しかし、この状況で俺にこだわるのは悪手もいいところだろう。

　エルナとレオを止めたところで劣勢は変わらない。そしてリーゼ姉上は誰を人質にされようが止まらない。

流れは変わった。ここから流れを変えるだけの力は今の反乱軍にはない。

そのはずだ。だが、空ではいまだにレオとウィリアムがやりあっている。

状況分析のできるウィリアムのことだ。下の異変には気づいているはず。それすら気づけないほどレオとの戦いが白熱しているという可能性もあるが、この危うい戦況で個人での戦いにそこまで集中するとは考えにくい。

あくまで連合王国のために戦っているという印象だったしな。

となると。

「ここから挽回できる一手があるか？」

屋根から屋根に飛び移りながらつぶやく。

さすがにこの場の人間だけでそれは難しいと思うが……。

「ちょこまかと！」

ザンドラはなかなか動きを止めない俺にいら立った声を出す。

ここら辺は子供の頃に嫌というほど遊んだ場所で、大して街並みも変わっていない。

子供の頃に覚えた動きは大人になっても忘れない。

よく屋根から屋根を移動して、周りの大人に怒られたもんだ。そしてその大人たちから逃げるためにまた屋根を移動する。それの繰り返しだった。

たしかガイと悪さをして、ここを通って逃げたのを覚えている。

店で売られていたパンをくすねて、店主に追われたわけだが、その店主の後ろから鬼の形相でエルナが追ってきたのを見て、二人で死を覚悟したのは懐かしい。

あれに比べればザンドラなんて優しいほうだ。

「キリがないわ！　いい加減に諦めなさい！　アルノルト！」

「いやいや、自分の身の安全のためにも諦められないですよ」

「そう……じゃあ強制的に諦めさせてあげるわ‼」

そう言ってザンドラは、俺の進行方向にあった家屋を魔法で吹き飛ばしやがった。

これで俺の道は断たれた。

力技だなぁ。

「それなら路地裏に入るだけですよ」

「それこそ思うつぼね！　忘れたの⁉　私には暗殺者の部下が大勢いるのよ！　もう帝都中に潜んでいるわ！　路地裏なんて入ればすぐ捕まるわよ！」

「それはどうですかね」

「信じてないようね……いいわ！　何人か出てきなさい‼」

そう言ってザンドラが合図を送る。

一瞬、周囲に視線を走らせるが、動き出す者は現れない。

「え……？　なにをしてるの⁉　早く出てきなさい！」

ザンドラの声がむなしく響く。

可哀想な人を見る目で俺はザンドラを見つめる。

それに対してザンドラが顔を歪める。

「なによ！　その目は！　そんなはずないわ！　どうして出てこないのよ⁉　どこよ！　私の暗殺者は！」

そんなザンドラの声に応えるように一人の男が現れた。

だが、その男は血だらけだった。

「ギュンター！　どういうことよ！」

「お許しください……」

そう言って男は謝罪しながら、頭から垂れていた血を拭う。

顔をよく見ると、かつて俺を襲った暗殺者だと思い出した。

あれがあったからリンフィアが俺を助け、今に至る。

ある意味、恩人だ。

そんな風に思っているとギュンターはつぶやく。

「死神め……」

「いえいえ。私はただの執事です」

そう言って音もなく俺の後ろに現れたのはセバスだった。

今まで何をしていたのかと思ったが、暗殺者に対処していたのか。

「遅い到着だな」

「申し訳ありません。どうもお節介な性質でして。未熟な後輩たちを見ると指導したくてたまらなくなってしまうのです」

「あっそ。それで後輩たちはお前のシゴキに耐えられたのか？」

「近頃の若者はなっておりませんな。ご安心を。ちゃんと見本を示してまいりましたので」

暗殺者の見本か。

自分の殺される過程から学べというのもひどい話だ。

ザンドラの横で血だらけになっているギュンターはその中じゃ優秀なほうだということだろう。

なにせまだ生きている。

「セバスチャン……まさか……私の暗殺者たちを……」

「あれはザンドラ殿下のお抱えの暗殺者でしたか。皇族に仕えるにはあまりに未熟。いずれ足手まといになるでしょうから、私のほうで処分しておきました。お隣の男性は多少、見込みはありますが、今は役には立たないでしょう」

そうセバスがいうと、ギュンターはフラフラとよろけた後、その場で倒れた。

血を流しすぎたということだろう。

セバスの攻撃は常に急所へ向けられる。

それを幾度も受けたなら血も足りなくなるだろう。

「……ふざけないでちょうだい！　それほどの力がありながら、なぜアルノルトの執事なんてしているの⁉」

「その質問に意味がありますかな？　手当をせねば彼は死にますが？」

「どうでもいいのよ！　そんなこと！」

「どうしてアルノルト様に仕えているのかという質問にはお答えしませんが、あなたに仕えない理由にはお答えしましょう。そういうところですな」

　思わず俺は噴き出して笑う。

　ザンドラは顔を真っ赤にするが、俺はそれを気にせず屋根から降りて路地裏へと歩いていく。

「待ちなさい！　アルノルト！」

「追ってくるならどうぞ。路地裏なんて暗殺者の主戦場ですから、十分にお気をつけて」

　そう言い残すと俺はセバスと共にその場を去った。

　そして誰もいない宿屋に入ると、椅子に座る。

「疲れた――……」

「お疲れ様です。今回はずいぶんとはっちゃけたご様子でしたな」

「いつもと役割が逆だったんでな。なかなかどうして本気でやったよ」

「ではどうされます？　今回は全力を封じますかな？」

「いいや、ウィリアムが撤退しない。まだ何かある。それならそれに備えるべきだろう」

「では、いつもどおりということですな」

「ああ、いつもどおり。ここからが本当の暗躍の時間だ」

　そう言うと俺は銀の仮面を取り出して被ったのだった。

第四章　降臨

Episode 4

1

帝都の外にいる援軍はエルナたちだけではなかった。

宰相が用意した勇爵率いる五千の騎士たち。だが、その一団の動きは鈍かった。

理由は、勇爵が自らの戦力を動かすと目立ってしまうため、主力となる騎士たちが勇爵家に連なる三つの分家で構成されていたからだ。

初代勇者には長男と三人の娘がいた。長男が本家を継ぎ、三人の娘が分家として本家を支えることとなった。勇者の血を守るためだ。

貴族ではあるが、他の貴族とは血の重みが違う貴族。勇爵家ほど特別ではないが、それに準じる家系。

彼ら三つの家は〝剣爵〟という特別な爵家を与えられていた。本家が途絶えた時、次なる勇爵家となる責務を持った家だと示すためだ。

この三つの家は帝都近くに領土を持ち、勇者の剣術を受け継ぐ騎士たちを抱えていた。

他家の騎士とは一線を画する力を持つ騎士たち。それはもう一つの近衛（このえ）という意味合いも持ち合わせていた。

そんな彼らは勇爵の下に集結していた。その数は五千。

リーゼと共に宰相が用意した対ゴードンに対する援軍だ。

本来ならゴードンの反乱が決定的となった時点で、勇爵と共に帝都に向かうはずだった。

だが。

「エメルト剣爵、意見は変わらんか？」

「無論だ」

勇爵が陣を構えた丘の上。そこで二人の壮年の男が天幕で話し合っていた。

一人はエメルト剣爵。動員した騎士はおよそ二千五百。軍の半数がエメルトの配下だった。

そのエメルトに話しかけているのは、ヘルムート剣爵。

「我々の目的は陛下の救出。今すぐにでも帝都に向かわねばならん」

「重々承知している。だからこそ、北からの援軍を阻止するべきだと提言している」

「陛下が倒れれば援軍を阻止しても我らの負けだぞ⁉」

「エルナ嬢が帝都の外におられる。レオナルト殿下も一緒だそうだ。帝都のことはエルナ嬢にお任せすればよい。必要なのは聖剣だ。エルナ嬢が向かうなら勇爵が向かう必要はない」

「エルナお嬢様は陛下の勅命でレオナルト殿下の援軍に向かったのだ！　レオナルト殿下を助

けたあと、いつ戻られるかはわからない！　万全を期して我らも向かうべきであろう！」

「帝都の反乱は序の口にすぎん。藩国、連合王国、そして大陸三強の一つ、王国が帝国に軍を差し向けてくる。しかもゴードン皇子は北部の軍をほぼ掌握している。北からの軍勢をいち早く抑えなければ、続々と軍勢がやってくるぞ？　帝都はエルナ嬢に任せて、我らは北に備えるべきだ」

「宰相の計画が破綻してしまう。帝都は我らをあてにしているのだ！」

「お言葉だが、皇帝陛下をお守りするのは近衛騎士団の役目。我ら三つの剣爵家は帝都周辺を守るのが役目。内の近衛、外の剣爵。そしてエルナ嬢は近衛だ。エルナ嬢に帝都のことは任せて、我々は北の敵を押さえるべきだ」

　軍の半数を担うエメルトの言葉は重い。無視してしまえば、軍として成り立たなくなる。まして や言っていること自体、間違ってはいない。

　勇爵や皇帝を軽んじているわけではない。ただ、エルナの力を信じると言っているだけ。その信頼に足るだけの実績がエルナにはあった。

「エメルト剣爵……なぜ我らの足並みを乱すのだ？」

「乱してはおらん。今は危急の時。だからこそ、先を見て動かねばならん。帝都に戦力を傾けすぎれば、確実に他の穴が生まれる。各地の軍が信用できない以上、我らがその穴を塞ぐべきだ。陛下が帝都より逃げるなら、その時に迎えにいけばいい。今は北が最優先だ」

　ヘルムートはエメルトを説得することは無理だと判断して、その天幕から立ち去った。

■■■

エメルトの天幕を出たヘルムートは、その足でもう一人の剣爵の下へ向かった。

名はシュタイアート剣爵。エルナの母であるアンナの実の弟であり、エルナにとっては叔父にあたる人物だった。

「駄目だったよ、シュタイアート剣爵」

「そうですか。まぁ、ヘルムート剣爵で駄目なら仕方ないですね」

そう言ってシュタイアートは肩を竦める。三人の剣爵の内、シュタイアートが一番年下だった。しかし、本家である勇爵家に最も近い存在でもある。

本家に血縁者を送り込むのは剣爵家にとっては大きなことだった。本家が分家から伴侶を迎えるのは頻繁に行われることでもない。一度、本家に血縁者を送り込めば、ほかの剣爵家よりも本家に近づき、優位に立てる。

ゆえにアンナが嫁入りする際に、剣爵家の間ではひと悶着あった。なにせ聖剣を召喚できる勇爵家当主の妻だ。その影響力は計り知れない。

エメルト剣爵の父である先代は、自分の娘、つまり今代の妹を勇爵の妻にと推薦した。だが、結局はシュタイアート剣爵家のアンナが選ばれた。これに政治は関係ない。単純に勇爵がアンナを気に入ったからだ。

これだけならば一杯食わされた程度と、エメルト剣爵家としても諦められた。だが、問題は勇爵とアンナとの間にエルナが生まれたことだった。

勇爵家の神童。勇者の再来。

長い勇爵家の歴史の中でも、最も勇者に近いと評される天才。その母の座を逃した。

自らの逃したモノの大きさを知り、エメルト剣爵家はシュタイアート剣爵家を敵視するようになってしまった。

だからエメルト剣爵の説得はヘルムートに任されていた。そのヘルムートでもエメルトの考えを変えることはできなかった。

「自分は勇爵に伝えてきます。おそらくエメルト剣爵を抜きにしても、帝都に向かうことになるでしょう。ご準備を」

「承知した。しかし、エメルト剣爵は放置してよいのか？」

「北の脅威に備えるべきというのはごもっともな意見ですから、エメルト剣爵に任せることにしましょう」

「それはそれで文句が出るだろうな。北からの軍勢はそれなりの数で来るはずだ」

「しかし、それしか手はありません。嫌なら一緒に帝都へ向かってもらうしかない」

そう言ってシュタイアートは天幕を出て、勇爵の下へ向かった。

その後、すぐに軍議が開かれて、エメルト剣爵を抜きにして帝都に向かうことが決定した。

そしてエメルト剣爵には北からの軍勢を防ぐ役目が与えられた。

その命令を受けて、エメルト剣爵は帝都についていくことを了承した。単独で北からの軍勢を防ぎにかかれば、あまりにも騎士たちに犠牲が出てしまうからだ。

その後、勇爵の軍は動き出したがすでに時間が経ちすぎていた。

帝都の近くまで進んだ時、勇爵が聖剣の使用を感知した。エルナが間に合ったのだ。

そうなると目下の危険は北から来る軍勢。エルナがいれば、最悪、皇帝一人は逃がせるからだ。

援軍として用意された勇爵家の軍は結局、エメルト剣爵の提言どおりに北からの軍勢を抑える動きを取ったのだった。

2

この状況でウィリアムが撤退を選ばない。それは不自然だ。

俺が持っていた虹天玉が偽物で、ゴードンが城の外に誘い出された以上、帝都の保持はかなり難しい。

このまま帝都中層で戦い続けても勝ち目は薄い。

ならば撤退して態勢を立て直すほうが賢明だ。

帝都にいる将軍だけがゴードンの賛同者じゃないはずだ。彼らが集まれば、それなりの勢力になる。

連合王国、王国、藩国の三か国からすればゴードンの反乱が成功するに越したことはない。

しかし、仮に失敗してもゴードンが生きていれば最低限の仕事はしてもらえる。

帝国が二分されれば、三か国はゴードンを支持して、ゴードンの勢力圏を通って軍を帝国内部に進められる。

それだけで軍事的価値は計り知れない。

それがわからないウィリアムではないはずだ。帝都に固執し、ゴードンが死ねば今の計画は使えない。

それなのにウィリアムは撤退しない。

「まだ勝ちの目があると思っているからだな」

俺は宿屋から帝都上空に転移する。

レオたちよりさらに上。

雲の上まで転移し、探知結界を発動させる。

広域で発動させた結界にはいくつかの軍勢が引っかかった。

帝都付近の軍勢は三つ。

北西より一つ。これが一番近い。もうすぐ帝都を射程圏に捉える位置にいる。

残りの二つは北東でぶつかり合っている。おそらく宰相が用意していた軍だろう。圧倒的な力で敵軍を粉砕している。しかし、それでも相対する敵軍を倒すまでには時間がかかる。北西の軍を防ぐことはできないだろう。

「中央軍と北部軍の一部。それがゴードンの戦力といったところか」

北部国境守備軍にゴードンは左遷されていた。

国境を守る砦将が裏切るとは思えないが、北部各地の駐屯地は別だろう。

最前線の国境守備軍には配属されず、かといって中央軍とも距離を置かれている。

出世コースとはお世辞にも言えない。地方にいけばいくほど貴族の権限は強い。

領内の問題は貴族直下の騎士が解決するため、駐屯地の軍はやることがないなんてことも多々ある。

その扱いに不満を抱いた奴らならゴードンにつくことは十分ありえる。

そうなると北部国境軍はかなり危うい。

ゴードンの反乱に合わせて藩国と王国は動き出したはず。王国はレティシアの問題を正式な侵攻理由にする気だろうが、藩国は国の体質を考えるにそういう小細工はしない。

もう北部国境に攻め入っていてもおかしくない。

北部が落ちれば帝国は取り返さないといけないが、帝都は帝国の中心。奪われたままでは各地の貴族や軍は連携が取れない。

皇帝を逃したとしても、帝都を確保したいというのはそういうメリットがあるからだ。

そしてウィリアム最後の頼みの綱。北西からの増援が近づいている。

数は八千から一万。ここでの増援は致命的だ。

父上は帝都を放棄して、宰相が用意した軍と合流したのち、帝都奪還に動くことになる。

その軍の強さを考えれば、たぶん帝都の奪還はできる。だが帝都は戦火に包まれてしまう。民のことを考えても、国の中枢ということを考えても得策ではないだろう。

「ＳＳ級冒険者が大々的に動くのはまずいだろうしな」

ギルド本部の小言なんて気にしたりはしないが、理由もなく国の内乱に参加するのは遠慮したい。

ＳＳ級冒険者というのは民の守護者。そう思われているから存在を許されている。

気ままに動いても文句を言われない。最低限のことを守ってさえいれば。

国の問題には首を突っ込むな。つまり中立でいろと言われているわけだ。俺たちは。

それは民心に配慮した結果でもある。

大陸中のすべての民の味方。それがＳＳ級冒険者。そういうイメージをギルド本部は作っている。これまでのＳＳ級冒険者もそういう風に立ち回ってきた。そうでなければ俺たちはあまりにも危険な存在だからだ。

そんなＳＳ級冒険者の一人が対立する勢力の片方に肩入れしたら？　民はＳＳ級冒険者を恐れるかもしれない。

俺たちＳＳ級冒険者は大陸に住む生物の規格外。枠に収まらない者たちだ。

勇爵家のように皇帝に忠誠を誓っているわけでもない。

野放しの猛獣に等しい。害があると判断されれば討伐対象にされるのは俺たちだ。

「奴らとやり合うのはさすがに苦労するだろうしな」

ＳＳ級冒険者にはＳＳ級冒険者。

誰が来ても最悪だ。

ここで軍を壊滅させ、被害を最小限に抑えたとしても俺と奴らとの戦いでさらなる被害が出ることは間違いない。

「やっぱり表立って動くのはなしだな」

そうつぶやきながら俺は再度転移門を開く。

他人を使えば犠牲は増える。俺が一人で動けば被害は減らせる。

大きなジレンマだ。

何が正しいかはわからない。

ただ一つ言えるのは、〝彼ら〟は機会を求めているだろう。国の危機にあって、何もできないのはもどかしいはずだ。

いや、国の危機は二の次か。

「大事なお嬢様のピンチだからな」

俺は転移門をくぐる。

そこはクライネルト公爵領。

その中心である領都の上空に転移した俺は、領都の脇で野営して待機する騎士団を見つけた。

その数はおよそ五千。

完全装備の騎士たちがそこにはズラリと揃（そろ）っていた。

ゆっくりとその野営地に降りると、周囲の視線を受けながら俺は最も大きな天幕に入った。中ではクライネルト公爵が鎧を身に着けて待っていた。いつでも出陣できる状態だ。

「来たか。シルバー」

「ああ、来たくはなかったが」

「私も同じだ。来てほしくはなかった。君が来たということは帝都で反乱がおきたということ。娘の危機を願う親はいまい」

「その点については問題ない。フィーネ嬢は無事だ。しかし、帝都に軍勢が迫っている。帝都内の戦いは皇帝派が優勢だが、その軍勢の到着でひっくり返されてしまう」

「君なら一撃ではないかな？」

「やれるならやっている。ＳＳ級冒険者は自由なようで自由ではないのだ」

「ふっ……冗談だ。君の立場は理解している。こうしてここにきて、我々に協力するのすらグレーゾーンだ。それでも来てくれた。感謝している」

そう言ってクライネルト公爵は笑って右手を差し出してきた。

握手だと気づき、俺も手を差し出す。

がっちりと握って、クライネルト公爵は笑う。

「意外に手は小さいのだな」

「俺も人間なのでな」

「そのようだ。いや、人間でなくても感謝は変わらん。領地を救ってくれた。娘が肩入れする皇子の力にもなってくれている。そして国の危機を知らせ、その道を作りに来てくれた。だから気にしなくていい。この一戦で私が死のうと君のせいではない。国を守るのは貴族の務め。普段からふんぞり返っているのは、こういう時に命を賭けるからだ。他の貴族は知らんが、クライネルト公爵家ではそう教わる。貴き一族と呼ばれるならば、貴き振る舞いを心掛けるのが義務なのだと」

そう言うとクライネルト公爵は置いてあった兜(かぶと)をかぶる。

そして剣を腰にかけ、ゆっくりと歩き始めた。

後に続いて天幕を出ると、指示が出る前に騎士たちは続々と準備を始めていた。

「馬を引け！　出陣だ！」

「……帝都の近くにある森に転移させる。敵はおそらく帝都の北側から攻め込むだろう。この軍の存在を誰も知らない。不意はつけるはずだ」

「了解した。安心しろ、これでも若い頃は戦場に出ていた。平和ボケした軍には後れは取らん」

それは事実だろう。

軍部は戦功を立てたくてゴードンに協力している。

帝国は最近、大きな戦を経験していない。だが、過去は別だ。

父上が若い頃は頻繁に他国と戦争をしていた。クライネルト公爵くらいの年代ならば、父上と共に戦場に出たこともあるだろう。

俺は巨大な転移門を複数用意する。

軍勢を移動させるにはそれだけのモノが必要だからだ。

その間にクライネルト公爵は騎士たちを集結させていた。

「平和は血を流して築かれる。それを不満に思うのは、血を流したことのない者たちか、血に酔った者たちだ。この連鎖はいつの世もやまぬ」

クライネルト公爵は騎士たちの前で語り出す。

その手に握られたのはクライネルト公爵家の旗だった。

受け継がれてきた紋章旗。

蒼（あお）と白の旗に描かれているのは翼を閉じた鳥だった。

無闇には羽ばたかない。眠れる鳥。

クライネルト公爵家にはピッタリだろう。

「しかし！　やまぬからと言って戦うのをやめていいわけではない！　平和が崩れたならば、また築き上げるのみ！　共に血を流そう！　向かう先にはフィーネがいる！　一人にするな！　我らクライネルト公爵家はいつでも一つなのだから!!」

クライネルト公爵は傍（そば）に控える若い男に旗を渡した。

俺が初めてこの領地に来たとき、門番をしていたクライネルト公爵の長男。フィーネの兄だ。

てっきり居残りだと思ったが、共に出陣するらしい。

見るからに怯（おび）えているが、それでも逃げ出したりはしない。

「行くぞ！　いざ帝都へ‼」

そう言ってクライネルト公爵は剣を抜き、先陣を切って転移門へと入っていった。

騎士たちがその後に続いていく。

そして全員が転移し終えたのを確認し、俺も帝都へと戻る。

すると帝都の北側では、ゴードンの援軍が姿を現したところだった。

3

「陛下、敵軍が迫っています。およそ八千。来た方向と装備から推察するに、北部駐屯軍の一部かと」

「ヴィンフリートか。少しは慌てたらどうだ？　奴らはこちらを狙ってくるやもしれんぞ」

皇帝ヨハネスは帝都東門から少し離れたところにいた。

傍にいるのは元々皇帝の護衛についていた近衛騎士隊が五部隊。上位の隊長こそいないものの、それだけでも十分な戦力だった。

さらにヴィンはネルベ・リッターの一部と、エルナの指示によって皇帝の方に向かった二つの近衛騎士隊を引き連れていた。

双方を合わせた全体の数は千を少し超える程度だが、質という点では申し分なかった。

しかし、相手は八倍の敵。明らかに不利な状況といえた。

だが。

「こちらを狙ってくるならありがたいですね。帝都に向かわれるほうが厄介です」

「相変わらずだな。しかし、その通りではある。すまんが少々、無茶をするぞ」

「はい。申し訳ありませんが、敵を釣るには皇帝陛下が必要です」

ヴィンの言葉にヨハネスは頷くと、自ら剣を抜いて馬を走らせる。

そして近衛騎士の魔法によって声を拡散させる。

「敵を帝都に近づけるな！　騎士たちよ！　皇帝ヨハネスに続けぇぇぇ!!!!」

そう言ってヨハネスは先陣を切って敵にめがけて走り始めた。

近衛騎士やネルベ・リッターもそれに続く。

逃げると思われた皇帝一行が突撃してきた。しかも少数で。

その事実に増援として現れた軍は色めき立つ。

皇帝を討つことは最大級の武功であるからだ。

帝都に向かっていた増援部隊は向きを変えて、皇帝たちを迎え撃ちにかかったのだった。

しかし、そのことに苛立ちを覚える者がいた。

「目先の戦果に囚われたか！」

空でレオと戦っていたウィリアムは、増援の足が止まったのを見て舌打ちをする。

そして、レオの相手を部下に任せると、数騎の竜騎士と共に帝都中層のゴードンの下へ向かった。

「はっはっはっ‼　こちらの援軍のほうが先に来たようだな！」

「そのようだな。なおさらお前と遊んでいる暇はなくなったぞ。ゴードン」

「ぬかせ！」

戦場の真ん中。そこでゴードンとリーゼが激しい戦いを繰り広げていた。

それを見て、ウィリアムは苦渋の決断を下した。

「すまん！　お前たち！　死んでくれ！」

「はっ！　ウィリアム様のためならば喜んで！」

「どうか祖国をお願いします！」

そう言って竜騎士たちは、リーゼに向かって突撃していく。

いくら竜騎士とはいえ、相手がリーゼでは勝ち目はない。

それでも彼らは突撃した。

ウィリアムがそう命じたからだ。

その理由は時間稼ぎだった。

「ゴードン！　乗れ！」

「邪魔をするな！　俺が負けるというのか⁉」

「いいから乗れ！　乗らないならば連合王国は離反するぞ！」

「なんだと⁉」

「早くしろ‼」

ウィリアムはゴードンの腕を掴み、自らのほうに引っ張った。

その強引さにゴードンは舌打ちをしながら従う。

その間に、リーゼに突撃した竜騎士たちはすべて斬り伏せられていた。

地面に転がる部下の死体を見つめ、ウィリアムは顔を歪めながら空へと飛び立つ。

「一体どういうことだ⁉　事と次第によってはお前とて許さんぞ！」

「それはこっちのセリフだ‼　あの増援の指揮官は一体、何を考えている⁉　この期に及んで皇帝を狙っているぞ！」

「それの何が悪い⁉」

「お前もか⁉　馬鹿め！　帝都の外に出た時点で皇帝の首は取れん！　周りにいる近衛騎士があの手この手で逃がすに決まっている！　皇帝の首はもう諦めろ！　我々が優先するべきなのは帝都だ！　そのための増援だろう！」

「皇帝を討てばすべて終わる！」

「そんな簡単に討てるならば天球など使わん！　わざわざ突撃してきたのは自分に注意を向けるためだ！　危なくなれば離脱するに決まっている！　その間に帝都での戦いが終わってしまう！　リーゼロッテ元帥が帝都に籠ったら、今の戦力では落とせん‼　だからお前があの軍を帝都に向かわせろ！　私の言葉では聞くまい！」

そう言ってウィリアムはゴードンを帝都の外へ連れていこうとするが、その前にレオが立ちはだかった。

「あなたの相手は僕だ」

「くっ……もう私の部下を倒したか……！」

ウィリアムは歯ぎしりしながら、状況の悪さを呪った。

帝都さえ確保できれば、皇帝が生きていたとしても互角以上に戦える。

帝都を守り抜けなかったならば皇帝の名誉は失墜する。弱い皇帝にどれほどの貴族がつくか。

そして帝都という戦略的要所も確保できる。玉座に座った者こそ皇帝と喧伝することもできる。

帝都を確保できればやれることはいくらでもあるのだ。

それなのに増援部隊は皇帝という目の前の武功に気を取られた。その判断ミスを正すために、ウィリアムは大切な部下を大勢失う羽目になった。

それでもウィリアムは諦めなかった。

諦めることが許される立場ではなかったからだ。

「誰でもいい！　レオナルト皇子を足止めしろ！」

「戦わずに逃げるのか!?　ウィリアム!!」

「個人の戦いなどどうでもいい！　大事なのは戦として勝つことだ！」

そう言ってウィリアムはレオに背を向けて飛んだ。

当然、レオはそれを追うが、ウィリアムの声を聞いた竜騎士がレオの足止めに入る。

その隙にウィリアムはゴードンと共にその場を離脱し、再度、増援のほうを目指す。

だが、そんなウィリアムの耳に絶望的な音が響いた。

「この音は……！」

それは角笛の音だった。

ゴードンの援軍ならば角笛を鳴らす必要はない。

事前に各地の部隊には動きを指示しているからだ。

知らせが必要なのは不測の援軍。

「早すぎる⁉　もう貴族が動いたのか⁉」

そんなウィリアムの眼下。

西側にある森から続々と騎士たちが現れ始めていた。

■■■

「どこの軍だ⁉」

ヨハネスは角笛の音を聞いて、そう叫ぶ。

それに対して近衛騎士が目を細めて掲げる旗を確認した。

「蒼と白の旗……翼を閉じた鳥……クライネルト公爵家の軍旗です‼」

「来てくれたか……！　状況が変わったぞ！」

「全員、弓矢と魔法を放て。とにかく相手に陣形を変える隙を与えるな！」

ヴィンは素早く指示を飛ばす。

騎馬隊の突撃は強力だが、弓矢での迎撃を受ければ相当な被害を受ける。

せっかく来た援軍が削られてはかなわない。

そういう判断での指示だったが、元々数が少ないうえに前線で敵とぶつかり合っている者は遠距離攻撃ができない。

そのため、ヨハネスたちのところから放たれた攻撃は敵の動きを一部しか阻害できなかった。

それ以外の敵は陣形を組み替え、弓矢を構える。

迎撃態勢が整えば、騎士の突撃の威力は半減する。

ヴィンは敵の指揮官と思わしき位置に攻撃を集中させるが、それでも敵の動きは止まらない。

「くっ……！　火力が足りないか！」

そう吐き捨てるように叫んだとき、無数の矢が空から降り注いだ。

■■■

「お父様！」

帝都北の城壁。

そこにフィーネとミアはいた。

中層での戦いはリーゼたちに任せて、北部への逃走ルートを塞ごうという考えだったが、そんなフィーネの予想を上回り、敵の増援が現れ、皇帝が突撃し、自らの父が騎士を率いて現れた。

状況の理解に時間が欲しかった。

しかし、目の前では着々と敵の陣形が整っていく。

このままでは大量の矢がクライネルト公爵軍を襲う。全員が死ぬわけではない。騎士の突撃には犠牲が付き物だ。

防ぐために盾も持っている。だが、確実に死者が出る。彼らは覚悟の上だ。わざわざ目立つように角笛を吹いたのは皇帝から気を逸らすため。犠牲は計算の上なのだ。

そのことにフィーネは体を震わせる。

クライネルト公爵家の騎士たちのことをフィーネはよく知っていた。

知っているから悲しいというわけではない。知らない誰かでも死は悲しい。

だが、知っている人が目の前で危険に晒されるのは言葉にできないほどの恐怖だった。

覚悟はしているつもりだった。

もう何人も命を落としている。自分の領地の騎士だけが死ぬのは嫌だなど我儘にもほどがある。

だからフィーネは何も言わなかった。

しかし。

「お任せですわ！」

「ミアさん……!?」

「奥の手は最後まで取っておくものですが、フィーネ様のお父様たちのためなら惜しくはありませんですわ!!」

そう言ってミアは小さな矢を取り出した。

おもちゃのようなその矢に魔力を流すと、それは細長い矢へと変わった。

それを弓に番えると、ミアは天高くに構えた。

「乾坤一擲！　天を駆け、雨となり大地に還れ！　魔弓奥義！　集束拡散光天雨ですわ!!」

魔弓は本来、詠唱を使用しない。

それにもかかわらず、ミアは短いながらも詠唱をしたあとに矢を放った。

光を纏った矢は空高くあがると、敵軍に向かって降下を始める。

それと同時に光の矢は拡散を始めた。

まるで光る雨のように拡散した矢は敵軍に降り注ぐ。

一発一発の威力は大したことはない。

しかし、食らえば矢を放つどころではない。

陣形は崩れた。

混乱する敵軍。そこにクライネルト公爵家の騎士たちが勢いよく突撃していき、敵を蹴散らしていく。

「ミアさん！」

「やりましたが……すっからかんですわ……」

「ありがとうございます！　フィーネ様は頑張って色んな人を救ってきましたですわ。だからフィーネ様も誰かに助けてと言っていいんですのよ」

「ミアさん……」

フィーネは感極まってミアの手を両手で握ると何度もブンブンと揺らす。

しかし、そんな二人の耳にありえない音が届いた。

それは低く大きな鳴き声だった。

4

「あれは……！」

それは雲を割るようにして現れた。

体長は三十メートルを超える超生物。

それが空からやってきた。

鳴き声は人間の心を揺さぶり、恐怖させる。

「嘘ですわ……そんな、まさか……」

「ドラゴン……！」

現れたのはドラゴンだった。

しかも一体だけではない。

「もう一体……」

「赤と緑のドラゴン……周囲には竜騎士……連合王国の守護聖竜……!!」

連合王国は特殊な国だ。

大陸とは違う島国であり、その島に存在する複数の国が一つにまとまっている国でもある。

そんな連合王国で最も特殊な事例は、竜と共生関係にあるということだ。

いつ頃からそうなのかわからないが、連合王国は三色の竜によって守られていた。

人を襲わず、竜同士でも争わず。

しかし、自らの縄張りに勝手に入った者はモンスターだろうと、人だろうと容赦はしない。

許されるのは連合王国の人間のみ。

そんな彼らを連合王国の人間たちは〝聖竜〟と呼んだ。

しかし、連合王国にとって聖竜であっても、ほかの国からすれば悪しき竜だ。なにせ誤って三色の竜の広大な縄張りに入れば、彼らは容赦なく攻撃してくる。

竜の縄張りは海にも及び、連合王国の近くでは毎年多くの遭難船が出ている。

連合王国に入るには、連合王国の者と一緒に行かなければならない。さもなければ竜の餌食になってしまう。

そんな他国から見れば危険な竜がなぜ冒険者ギルドの討伐対象にならないのか?

それは連合王国と冒険者ギルドの間で取り決めがなされたからだ。

三色の竜は連合王国の管轄下のため、手出し無用。そう言われて冒険者ギルドは引き下がった。

わざわざ討伐しにいけば連合王国と敵対関係になるうえに、被害も出る。

連合王国としても冒険者ギルドと敵対はしたくないので、多額の献金で黙らせたのだ。

こうして討伐されない竜が存在するわけだが、それが帝都の空に現れた。

そのことにフィーネとミアは戦慄したが、歓喜する者もいた。

「やったわ！　これで私たちの勝ちよ!!」

フィーネとミアは声の方向を振り返る。

そこではザンドラが空を見て喜びを露わにしていた。

「げっ、ですわ」

「ザンドラ殿下……」

「逃げなきゃと思ったけど、杞憂だったわね」

そう言ってザンドラは余裕の笑みを浮かべた。

帝都中層の戦いはゴードンが不在となったため、完全に流れがリーゼたちに傾いてしまった。

元々劣勢だったこともあり、ザンドラはそれを見て北門からの逃走を試みたのだった。

フィーネとミアはそれを止めるために北門に来たのだが、肝心のミアが先ほどの攻撃で戦力にならなかった。

まずいとミアはフィーネを後ろに庇うが、ザンドラは笑いながら二人の前に立った。

「あら？　なんだか魔力がずいぶん減っているようだけど？」

「嫌な女ですわ……」

「あっはっはっはっ!!!!　フィーネ！　頼みの綱の護衛がこれじゃあどうしようもないわね！」

ザンドラは笑いながらフィーネを見つめる。

しかし、フィーネの顔に恐怖はなかった。

それが気に入らず、ザンドラは顔をしかめる。

そんなザンドラだったが、すぐに気持ちを持ち直す。

恐怖を感じていないなら感じさせればいいだけの話だ。

「その余裕な表情を崩すのが楽しみだわ」

「フィーネ様！　時間を稼ぎますわ！」

「あら？　逃げるのかしら？　私とお喋りしてほしいのだけど」

そう言って空からズーザンが現れる。空は鷲獅子騎士と竜騎士による大乱戦。それでもズーザンは空から城を出た。地上よりはマシだったからだ。護衛についていた竜騎士たちはもういいかとばかりに、空の乱戦に戻っていく。

ズーザンを見て、ミアは盛大に顔をしかめた。

「初代嫌な女ですわ!?　出てくるタイミングも性格が悪いですわよ！」

「人の嫌がることは得意なの。無事でよかったわ、ザンドラ」

「お母様こそ。よく城から出られたわね？」

「ラファエルがエルナを抑えてくれたの。おかげで城から出ることができたわ」

「ラファエルが？　アリーダはどうしたの？」

「物量作戦で抑え込んだわ。まぁかなり死んだでしょうけど、兵士がいくら死のうと気にしないわ」

「それもそうね」

ズーザンの言葉に同意するザンドラを見て、フィーネは小さく息を吐く。

この母にしてこの娘あり。

人は環境によって変わる。

子供が親に似てしまうのは仕方ないことなのだろう。

しかし、そうだとしても同情はできない。

ザンドラが出した被害はあまりにも大きいからだ。

「ちょうどフィーネもいるし、捕らえて人質にしましょう。クライネルト公爵は動けなくなるわ」

「そうね。お父様はどうするの？」

「あの人は呪いで動けなくするわ。一人だけ逃げるなんて許さないわよ。当たり前でしょ？　皇帝としてしっかり使わせてもらうわ」

そう言ってズーザンとザンドラは二人で高笑いを始める。

その間にミアは何度もフィーネを逃がそうとするが、フィーネは動かなかった。

動く必要がないと思っていたからだ。

「フィーネ様！」

「大丈夫です」

「あら？　なにが大丈夫なのかしら？」

「私とミアさんの安全です。むしろお二人こそ大丈夫ですか？」

「状況が理解できていないのかしら？　私たちの身にどんな危険があるのかしら？」

「──第二妃様はどうして亡くなったのでしょうか？　それはあまりにも不自然で、誰かが暗殺したのでは？　と噂が流れていたそうですね。その第一候補がズーザン様。あなただと聞きました」

「何が言いたいのかしら？」

「真偽はわかりません。しかしあなた方は反乱に加わった。今は斬る理由がある。ですから大丈夫ですか？　と訊ねました。帝都には第二妃様のご令嬢がいらっしゃいますから」

「はっ！　リーゼロッテは今頃、軍の統率で忙しいわよ！　私たちを追ってくる余裕なんて」

そうザンドラが言いかけたとき。

城壁の階段を上る音が聞こえてきた。

軍靴の音にザンドラとズーザンは目を見開く。

「余裕とは作るものだ。それができないならば帝国元帥など務まらん。しかし、耳障りな高笑いのおかげで探しやすかったぞ。ここにいたか、帝国を蝕む毒婦ども」

「リーゼロッテ……！」

ザンドラが悲鳴のような声でリーゼの名前を呼んだ。

しかし、ズーザンには慌てた様子がなかった。

「まさかこのタイミングで来るとは思わなかったけれど、私を追ってきたのかしら？」

「無論だ。竜騎士の護衛を受けて飛ぶお前を見たという報告を受けて飛んできた。お前のような毒婦を野放しにするのは危険なのでな」

「あらあら、仮にも義母にひどい言い草ね」

「お前を義母などと思ったことはない。私の母を名乗りたいなら一度死んで出直してくるんだな」

そう言ってリーゼは剣を抜く。

ザンドラは身構えて周囲を見渡す。

リーゼの手勢は少数。

フィーネを人質にすれば逃げられる人数だ。

そう判断し、ザンドラは動こうとするが、ズーザンはそんなザンドラの手を握った。

「大丈夫よ、ザンドラ」

「お母様……」

「私のことを殺したいのね、リーゼロッテ。私があなたの母を殺したと思っているの？」

「母だけではない。兄上もお前の仕業では？」

「帝国の皇太子を暗殺なんてしないわ。そもそもどちらも原因不明。陛下が調査したのに暗殺の証拠は出なかったわ」

「だからこそ、お前の仕業だと言っている。お前の禁術が最も怪しい」

「私の呪術は相手を一撃で呪殺できるものじゃないわ。弱体化させることはできるけれど、暗殺なんて無理よ。まぁでも、あなたに言うことがあるとしたら一つね。〝皇太子を殺したのは私じゃないわ〟」

否定をしたのは皇太子の暗殺。

容疑は二つ。

では否定しなかったもう一つは？

「……ズーザン！」

「たしかにあなたの母、第二妃の死に私は関与しているわ。いいえ、私が殺したと言ってもいいかもしれないわね。ずっと殺してやりたいと思っていたもの」

そう言ってズーザンは悪意に満ち溢（あふ）れた笑みを浮かべたのだった。

5

「――やはりお前だったか」

ズーザンの話を聞いて、リーゼはそうつぶやいた。

その点について驚きはない。

皇族の中ではそうだろうなという認識があった。

レオがリーゼを止めたのはあくまで証拠がなかったから。レオが守ったのはズーザンではなく、リーゼのその後だったからだ。

証拠のない者を殺せば、いくらリーゼでも無事では済まない。

ゆえにレオはリーゼを止めた。だが、今は止めないだろう。

証拠があるということは、リーゼが戦う理由があるということだ。

「首を差し出せ。帝国元帥として妃暗殺の罪で処断してやろう」

「怖いわね。けど、話を聞いていたかしら？　私は関与しているだけよ」

「同じだ」

「同じじゃないわ。じゃあ説明してあげるわね。あなたの母、第二妃は私の呪いを一身に受けて体調を崩し、亡くなったの。自分で私の呪いを集中させたのよ」

「なに……？」

リーゼは目をすっと細める。

ズーザンは嘘を言っている様子はなかった。

今すぐ殺してやるという雰囲気だったリーゼが足を止めたのを見て、ズーザンはニヤリと笑う。

「私は殺してやりたいとは思っていたわ。陛下の寵愛を一身に受ける女。独占といってもよかった。けれど、殺すメリットがなかったわ。あの女が死んだところで陛下が私の方を向くかといえば別の話。だから私はあなたとクリスタを殺そうとしていたのよ」

「どこまでも……！」

「陛下の娘は三人！　そのうち二人が死ねば、残りの一人に愛が集中するわ！　ザンドラは私の娘。だからあなたとクリスタが邪魔だったの。幼いクリスタは呪いを受ければ、それだけで危険に晒される。だからあなたたちに向けて呪いを放ったのに!!　あの女は魔導具で呪いをすべて自分に集めたのよ！　私の呪いだとは思わなかったようだけどね！　馬鹿な女よ！　元々体が強いわけでもないのに、娘に対する呪いを一身に受ければどうなるかなんてわかりそうなものだけど！　陛下に頼めばいいものを！　自分で解決しようとするからよ！　あの日ほど笑ったことはないわ！　わかったかしら!?　あなたの母は——自殺なのよ」

「っっ!!」

リーゼは地面を蹴って、ズーザンに向かって走り出す。

一瞬で距離を詰め、ズーザンに剣が届く距離までたどり着く。

しかし。

「なに……？」

「馬鹿ね。母親と同じく」

リーゼはズーザンの笑みを見て下へ視線を移す。

すると地面には巨大な魔法陣が展開されていた。

「設置型の呪いよ。あらゆる状態異常があなたを襲うわ。私のとっておきよ。存分に味わいなさい」

「くっ！」

魔法陣から空に向かって光が伸びた。

それにリーゼが飲み込まれ、その姿にザンドラは歓喜した。

「やったわ！　あのリーゼロッテが！　お母様の呪いを受けたら動けないわよ！　どうしてやろうかしら！」

動けなくなったリーゼをどうしてやろうか。

ザンドラはそのことに思いを巡らせ、はしゃぐ。

そんなザンドラにズーザンは苦笑しながら、困った娘だというような視線を送る。

ゆえに。

光の中から飛び出てきたリーゼに反応することができなかった。

「え……？」

空気を裂く音が響き、鮮血が舞う。

ズーザンは空中に散る血を見て、初めて自分が斬られたのだと自覚した。

胴から胸に向かって斜めに斬りあげられたズーザンは、どうしてという疑問に答えを見つけようとしていた。

それは戦闘中において無意味な行動だった。

疑問はおいておいて、どうやって助かるべきか。どうやってリーゼを無力化するべきか。それ以外の思考は無意味だった。

しかし、ズーザンは戦士ではない。

ゆえに傷口の熱さを感じながら、やせ我慢をしているといった様子もない。

異変は何一つない。リーゼの体を見る。

どう見ても防いだとしか思えなかった。

設置型の呪いは移動できない反面、その威力は絶大だ。食らえば数日はまともに動けない呪いのはずだった。

わざわざリーゼが激高して襲ってくるように仕向けたのも、それに気づかせないため。

なのに……。

ズーザンは何があったのか。必死に答えを探した。

そしてリーゼの胸にひび割れたペンダントがあることに気づいた。

「魔導……具……？」

「ドワーフ特製の魔法封じだ。私に向けられた魔法の魔力を吸収し、一度だけ身代わりになる。禁術の呪いだろうと魔力を使っていることには変わりはない。残念だったな」

「なぜ……そんなものを……」

ズーザンはよろけて後ろに下がりながら訊ねる。

それも無意味な問いだった。

だが、リーゼは静かに、しかし力強く答えた。

「私には私の無事を願う弟妹たちがいる。私のためなら、と……どんな犠牲も払う馬鹿な男がいる。私を敬愛する部下たちがいる。防御型の魔導具など好かんが、私は私の命をもう軽んじたりはしない。帝都で何かあればお前と一戦交えることは予想できた。ゆえに身に着けていたのだ」

「くっ……！」

ズーザンはそれを聞いて再度呪いをかけようと、左手をリーゼに向ける。

しかし、リーゼはその左手を斬り飛ばす。

宙を舞う自分の腕。

それを見て、ズーザンは痛みと衝撃で大声をあげた。

「あああああああ‼‼‼　リーゼロッテぇぇぇぇぇ‼‼‼　許さないわ！　絶対にぃぃぃ

い!!」

「馬鹿を言うな。私の〝許さない〟のほうがはるかに強い」

そう言ってリーゼはズーザンの足を斬りつけ、ズーザンの右肩を刺し貫く。

そしてズーザンが両膝を地面につくと、剣を引き抜いて首に向ける。

「どれほど痛めつけても足りないが……母上は拷問など望むまい。これくらいで済ませてやろう」

「ザ、ザンドラ……母を……助けて……」

「お、お母様……」

ズーザンは視線でザンドラに助けを求める。

しかし、ザンドラは。

「やられているんじゃないわよ！　期待したせいで逃げる機会を失ったじゃない！　使えないわね!!」

「ザン……ドラ……？」

「リーゼロッテ！　恨みがあるのはお母様でしょ！　私は助けてちょうだい！」

「……他者を裏切り、使い捨ててきたお前たち母娘らしいな」

母すら道具。

そのことにズーザンは涙を流す。

ザンドラにとってのズーザンはともかく、ズーザンにとってのザンドラは目に入れても痛くないほど可愛い娘だった。だからこそ皇帝にしようとした。

愛していた。

それなのに。

「わ、私がどれだけ……あなたのために……」

「うるさいわよ！　私を皇帝にしようとしたのは自分のためでしょ！　自分が父上に愛されなかったから、私に自分を投影しただけ！　いい迷惑なのよ！　私は私よ！」

「なんて娘なの……子が親を見捨てるなんて……助けなさい！　助けなさいよ‼」

「今まで幾度も他者を騙し、見捨ててきたくせに自分は助けろというのは虫が良すぎるだろう。あの世で母上に泣いて詫びろ」

そう言ってリーゼは剣を横に振るう。

鋭い音と共にズーザンの首が飛んだ。

それを見て、ザンドラは後ずさる。

リーゼの視線が次はお前だと言わんばかりだったからだ。

魔法を使おうにも距離が近すぎる。何かする前に斬られるのは間違いない。

だからザンドラは最後の手段として、フィーネに左手を向けた。

「私を殺すならフィーネも殺すわ！　フィーネを見捨てれば帝国元帥の名誉に傷がつくわよ‼」

「軍人に名誉などない。あるのはいかに国に尽くすか、国を勝たせるか。それだけだ。相手を見誤ったな」

「そ、そんなことを言っても無駄よ！　動かないで！　動くんじゃないわよ！　本当にフィーネを殺すわよ！　いいえ！　殺さないわ！　その綺麗な顔に傷をつけて、醜く変えてやる！　ほら！　怯えなさい！　助けてとわめきなさい！」

「私のことはお気になさらずに。リーゼロッテ様」

「なによ……！　そんなに今後の人生を台無しにされたいならそうしてやるわよ‼」

そう言ってザンドラはフィーネに魔法を放つ。

ミアがフィーネを庇うように立ちふさがるが、その前に魔法は結界によって弾かれた。

極薄の結界。

よく見なければ気づけないそれにリーゼは気づいていた。

「フィーネの傍にはずっと結界があった。魔導師ともあろう者が気づかないとはな」

「そんな……こんな結界……誰が……？」

「気づかないのか？　愚かだな。帝国に住んでいながら気づけないとは。お前は竜の出現で勝ちを確信したようだが、多くの帝国国民は逆だ。竜の出現によって帝国の勝ちは決定づけられた。規格外には規格外。簡単な理屈だ」

「嘘よ……そんなはずないわ……聖竜は討伐対象にはならないのよ！　討伐すればギルド本部が黙ってないわ！」

「お前は冒険者というものをわかってはいない。奴らは我々とは違う。諦めろ。お前たちに勝ち目はない。お前を殺したりはしない。この一件について責任を取る者が必要だからな」

「嫌よ……嫌よ!!　嫌だと言っているわ！　やめて！　私は帝毒酒なんて飲む気はないわ！」

そう言ってザンドラは自分に両手を向ける。

しかし、その前にリーゼがザンドラに接近し、その首を締め上げる。

「集中力が著しく乱れた状態では魔法は使えまい。お前のような魔法しか使えん奴ならなおさらな」

「あ、ぐっ……」

「眠れ。お前に自殺はもったいない」

そう言ってリーゼはザンドラを締め落としたのだった。

■■■

無事に突撃を果たしたクライネルト公爵軍だったが、竜の登場で相手の士気が盛り返したため、苦戦を強いられていた。

「父上！　怖くて吐きそうです！」

「吐きながら戦え！」

そう言ってクライネルト公爵は息子を叱咤する。

そして近くの敵兵を斬り伏せ、空の竜を見上げる。

「大体、あれがそんなに怖いか？」

「怖いに決まっているでしょ！　あんな化物！　怖くない人間なんていませんよ‼」

「愚か者。お前はあれをトカゲ扱いする化物に喧嘩を売ったことがあるではないか」

「そ、それは……」

「ふっ、だが安心しろ。その化物だが——今は味方だ」

そう言ってクライネルト公爵は息子を見た。

その体には薄っすらと膜のようなものが張られていた。

息子だけではない。クライネルト公爵家の騎士たち皆にそれは張られていた。

個人個人に対する結界。

これだけの人数にそれほどのことができる者など大陸に数えるほどしかいない。

そして連合王国にそんな人物はいない。

竜に守られた国ゆえ、人間の規格外を知らない。

それが敗因だろう。

「参戦の機会をうかがっていた者にそれを渡すとはな。竜などという規格外を持ち出せば、規格外が出張ってくるに決まっておるだろうに」

そう言ってクライネルト公爵は帝都の空を見上げる。

雲を裂くようにして銀色の光を纏った黒い魔導師がゆっくりと舞い降りていた。

6

ドラゴンという規格外。

その登場に帝国の者も驚いたが、それ以外にも驚く者がいた。

「はっはっはっはっ!!!!　まさか国土防衛用の守護聖竜まで貸し出してくれるとはな！　さすがは連合王国だ！　これで勝ったぞ!!　ウィリアム!!」

「私は……聞いていない」

目の前に現れた二体のドラゴンは間違いなく連合王国の守護聖竜。

赤の聖竜の名はブラッド。緑の聖竜の名はリーフ。

どちらもウィリアムが幼い頃から触れ合ってきた老竜だ。

竜には幼竜、成竜、老竜のランクがある。長い寿命を持つ竜にとって、老竜になるのは全盛期を迎えることを意味する。

そして長い寿命の中で、二体は長く連合王国と共にあった。

王の要請ならば他国に出向くこともありえるだろう。

だが、そんなことをウィリアムは聞いていなかった。

「ウィリアム殿下！　ご無事でしたか！」

「なぜ連れてきた!?　誰の指示だ!?」

ウィリアムは二体と共に現れた竜騎士にそう問いただした。

二体を他国に向かわせるなど王にしかできない。

しかし、王が独断でそこまでするとは思えなかった。

「え？　国王陛下の指示ですが……帝都の防衛に使うようにと。それまでは藩国で待機していたのですが」

「なに……？　なぜその指示で今連れてきた⁉⁉」

「いえ、それが……もうじき帝都は占領可能になるという情報が入ったので……」

「どこからの情報だ……？　私は何も指示していないぞ‼」

「そ、そんなはずはありません！　藩国に駐在している皇国の大使が、ウィリアム殿下からそう言われたと！　それで皇国は連合王国につく準備をしていると！」

「皇国の大使と連絡など取りあってはいない‼」

「え……？」

嵌（は）められた。

誰が、どうやって。そんなことはどうでもよかった。

今、このタイミングで竜という規格外が来たことのほうが問題だった。

ウィリアムは知っていた。竜という規格外が出てきたとき、大陸に存在する規格外たちが動き出すということを。

「すぐに撤退させろ……」

「はい？　せっかく連れてきたのに使わないのですか？」

「使えるわけがなかろう！　早く撤退せよ！　こちらはまだ帝都の占領を完了していない！　いまだに帝都を攻める側だ！　ゴードンが玉座に座り、要請という形をとるならまだしも！　今、竜を使えば冒険者を敵に回す!!」

「ど、どうしてそこまで怒っておられるのですか？　我が国の聖竜は冒険者ギルドにすら恐れられたほどです。出てきたところで叩き潰せばよいではありませんか」

無知。

そこを突かれた。

ウィリアムは歯切りして、強い怒りを感じた。

連合王国は聖竜に守られた国ゆえ、聖竜への自信は強い。冒険者ギルドが聖竜を容認したのも、連合王国には聖竜を恐れたように映った。

そもそも連合王国は島国。竜に勝るモンスターが現れることもない。ゆえに連合王国では聖竜は最強の生物という認識があった。

だからこそ、冒険者ギルドが誇る五人のＳＳ級冒険者。大陸屈指の実力者でも聖竜は討伐できない。そんな思い込みを抱いていた。

無知故に自信過剰。他国の大使の言葉を信じ込み、まんまと国境を越えるような行為をしたのは、気が大きくなっていたからに他ならない。

何が来ても倒せる。そう思っているからこそ、確認もせずにつれてきた。

　しかし、ウィリアムは知っていた。

「SS級冒険者は……古竜すら討伐する……」

　老竜と古竜は同じ竜ではあるが、明確に違いがある。

　太古の昔、この地の竜は古竜のみだった。やがて時代が下り、古竜の子孫の中で時代に適応し、長い休眠期を取らずに済む竜が現れた。それが今の竜だ。

　古竜と呼ばれる竜は太古の血筋を色濃く残した強き竜。老竜とは格が違う。

　竜の王族ともいうべきが古竜なのだ。

　それを討伐することで名を挙げたSS級冒険者がいる。

　帝都を拠点とし、帝都から帝国全土を自在に移動する魔導師。

　これまで姿を現さなかったのは、自分がバランスブレイカーと自覚しているからだ。

　しかし、連合王国は自国の守護聖竜を侵略目的で使った。実際はそうでなかったとしても、そう見える構図ができてしまった。

「どうした？　ウィリアム。何を恐れる？」

「恐れるに決まっている！　銀滅の魔導師がこの帝都にはいるのだぞ⁉」

「奴は手を出せん。守護聖竜はギルド本部によって討伐対象から外れているではないか！」

「そんなことを気にするわけがないだろう！　王国に侵攻したとき！　私はSS級冒険者に会っている‼　断言しよう！　奴らはギルド本部が決めた取り決めなど気にはしない‼　奴らの中にあるのはただ一つ！　〝民のため〟という基本原則だけだ‼」

民の生活を脅かすモンスターはすべて敵。
そして今、帝都を脅かす竜が現れた。
動かないわけがない。
するとウィリアムは上空に嫌な気配を感じた。
言い知れぬ圧迫感。体は強張り、震え始める。
自らが乗る竜もどこか動揺し始めていた。
そして。
「来るぞ……！」
雲を裂き、銀の光を纏って黒い魔導師が姿を見せた。
まるで神のようではないか。
そう思いながらウィリアムはボロボロと自分の心が折れていくのを感じた。

■■■

正直、ミアが何もしなければ敵に幻術を見せて、ちょっと介入しようかと思っていたのだが、
それをしなくて済んで安心していた。
同時に、竜が現れるというとんでも展開に驚いている。
とはいえ、驚いてばかりもいられない。竜が現れた段階で俺はクライネルト公爵家の騎士た

ちとフィーネたちに結界を張った。

帝都の中層では反乱軍は敗走し、ほとんど戦いは起きていない。唯一、エルナとラファエルが激しい戦いを繰り広げているが、エルナなら問題ないだろう。

城もアリーダを筆頭として、エストマン将軍とその部下たちが制圧しつつある。

戦いは帝都の外へ移った。

そして只人（ただびと）たちの戦いから、規格外の戦いへと移行した。

「連合王国も連携が取れてないみたいだな」

そう言って俺は転移門を開き、その中に手を入れる。

繋（つな）がっているのは俺の爺（じい）さんのコレクション箱。この銀仮面もそこにあった。

魔導師ならば涎（よだれ）が止まらない秘蔵コレクションの数々。そこから俺は一つの腕輪を取り出した。

そこにはいくつもの宝玉が取り付けられていた。

霊亀戦からあまり時間が経（た）っていない。魔力が完璧に回復したわけでもないのに、魔奥公団（グリモワール）の支部を潰し、この反乱でもかなり魔力を使った。

正直、魔力はだいぶきつい。

空という表現はあくまで表現だ。人間は限界を超えて魔力を振り絞れる生物でもある。

帝国南部でレオがそうしたように、俺もやろうと思えばそれができる。しかし、それをするとしばらく動けないし、体への負担が大きい。鍛えていない俺がやると危険なほどに。

シルバーとして動けなくなるのは好ましくない。だが、今は魔力をガンガン使う場面だ。せっかくの参戦機会。
逃すのは惜しい。それにやりたいこともある。
だから俺は魔導具に頼ることにした。
その腕輪は魔力消費を肩代わりしてくれる。通常の魔導師なら強力な補助アイテムになる。とはいえ、俺が使えば使い捨てだろう。
爺さんに怒られるから使いたくはないが、他の手を考える時間もない。
「さて、閉幕といこうか」
そう言って俺は腕輪をつけると詠唱を開始した。
《我は銀の理（ことわり）を知る者・我は真なる銀に選ばれし者》
《銀星は星海より来たりて・大地を照らし天を慄（おのの）かせる》
《其（そ）の銀の輝きは神の真理・其の銀の煌（きらめ）きは天の加護》
《刹那の銀閃（ぎんせん）・無窮なる銀輝》
《銀光よ我が手に宿れ・不遜なる者を滅さんがために――》
詠唱は終わる。
あとは発動するだけという状態で俺はゆっくりと降下を開始したのだった。

7

ゆっくりと降下する俺の両手の間には銀色の球が出現している。

これを押しつぶせばシルヴァリー・レイは発動する。

しかし、それに待ったをかける者がいた。

「ま、待て！　シルバー！　これはただの手違いだ！　我らは聖竜を侵攻に使う気はない！」

「国境を越えて帝都上空までやってきたのにか？　ウィリアム王子」

「しかしまだ被害は出していない！　このまま撤退させる！　だから待ってくれ‼」

「〝まだ〟何もしていないから討伐するな？　悪いが、冒険者が討伐するモンスターの多くはその〝まだ〟何もしていないモンスターだ。将来、民に悪影響を与える可能性があるならば討伐する。それが冒険者の鉄則だ。被害が出てからでは遅いからだ」

俺の言葉にウィリアムは一瞬、顔を歪めた。

会話して、俺に取りつく島がないと思ったからだろう。

しかし、ウィリアムは言葉を続けた。

大した奴だ。状況が絶望的だとわかっているのに、それでも心を繋いで俺の説得に賭けるか。

「せ、聖竜はただのモンスターじゃない！　益獣だ！」

「連合王国にとっては、な。ここは帝国だ。連合王国の者以外には容赦のないトカゲは、この帝国では害獣認定されて当然だろう？」

「待ってくれ……何もさせない……だから……」

「あなたが連合王国の王子ではなく、そこのトカゲが聖竜などと呼ばれておらず、この反乱状態の帝都が舞台でなければ融通も利かせただろうが……すべては手遅れだ。反乱に協力したうえに、竜を引っ張り出しておいて、何もさせないから見逃せというのは虫が良い話だと思わないか？」

「言いたいことはわかる。すべてそちらが正しい……だが、彼らは我が祖国の守り神なのだ……許してくれ……！」

「討伐されると困るから、冒険者ギルドと交渉したのだろう？　連合王国を守るなら誰も文句は言わん。守り神を敵国に連れてきたのが問題だと言っている。大事に国へしまっておけばよかったな」

そう言って俺は銀色の球を押しつぶそうとする。

しかし、さらに俺の行動に口を挟む者がいた。

「シルバー!!　お前はわかっているのか!?」

「なにがだ？　ゴードン皇子」

「自分がしようとしていることだ！　聖竜は連合王国と冒険者ギルドとの間で、討伐対象にはならないという取り決めがなされている！　それを討伐すれば冒険者ギルドは黙っていないぞ！　冒険者ギルドに所属するお前としても困る話のはずだ!!」

「何を言うかと思えば……ゴードン皇子。あまり冒険者を舐めるなよ？　ギルドと連合王国との取り決め？　すでにそんなものは消え去った。連合王国にとって聖竜だろうと、侵攻を受ける国にとっては邪竜だ。ギルドとの協定はあくまで聖竜の活動範囲が連合王国内に留まっている場合のみ」

「そんな理屈が通るか！　細かい取り決めなどなされてはいない！　ギルドが決めたことは連合王国の聖竜は討伐対象にはしないという一点のみ！　討伐すればギルドの取り決めをお前が破ったということになるぞ！」

「ふん、そうか。だとして、だ。それがどうした？」

「なにぃ⁉」

ゴードンが俺の言葉に目を見開く。

その反応が舐めているといっている。

ルールを持ち出せば冒険者が止まると思っているなら大間違いだ。

「多くの者が冒険者を無法者と呼ぶ。それは事実だ。俺たち冒険者にとってルールなどどうでもいい！　その後のことなど後回しに決まっている！　今、大事なのは目の前で民を襲いかねんモンスターがいるという一点のみ！　その状況で冒険者にルールを持ち出すことは愚かと知れ！　冒険者が重んじるルールはただ一つ！　民のために！　この一つのみだ！　それ以外のルールが持ち出されたとき！　我々が返す言葉はただ一つ――知ったことか！」

そう言って俺は一気に魔力を全開にする。周囲の空気が震えて、周辺の建物がそれだけで大きく振動する。

人間たちは敵味方問わず恐怖し、竜たちは俺の殺意を感じて大きく吠えた。

竜としての本能が俺の好きにさせてはいけないと判断したんだろう。

躊躇なく二体の竜は口を大きく開いて、ブレスを吐いてきた。

これで先制攻撃は向こうから。俺は攻撃されたから仕方なくという言い訳ができる。

「許せ、聖竜たち。お前たちは悪くない」

そういうと俺は両手で銀色の球を押しつぶす。

そして。

《シルヴァリー・レイ》

魔法の名を唱える。

すると俺の周囲に光球が出現する。

その数は七つ。

その矛先が向くのは赤と緑の老竜。二体の放ったブレスが俺に向かってきていたが、そのブレスは光球から放たれた銀光によって相殺された。

間違いなく全力のブレスだったはずだ。それをいとも簡単に相殺された。つまりそれだけの力の差があるということだ。

それなのに二体の竜は俺に向かってきた。逃げるという選択肢があるにもかかわらず、だ。

「最後まで連合王国のためにというその姿勢は評価しよう。よく逃げなかった」

そう言って俺は抵抗を選んだ二体の竜に腕を差し向ける。それに合わせて光球から銀光が放たれる。

向かって来ていた二体の竜の首が消し飛び、その体は力なく地面に向かって落下していく。

俺はそれを結界で受け止めた。

「ブラッド……リーフ……」

ウィリアムは二体の竜の亡骸を茫然と見つめている。

幼い頃から竜とふれあい、竜王子とまで呼ばれるようになったウィリアムにとって、竜とはほかの者とは一線を画する特別な存在なんだろう。

可哀想ではある。見逃してやれるなら見逃してやりたかった。

二体の竜は逃げる選択肢だってあった。彼らは竜だ。敵わない相手くらいわかる。

それでも立ち向かうことを選んだ。

ウィリアムが彼らを特別と思うように、彼らにとってもウィリアムたち連合王国の人間は特別な存在だったんだろう。

これで連合王国は自国の守護聖竜を三体中二体も失った。戦いを続けるか、大人しく撤退するかは彼らの判断次第だが、大きく国力が下がったことは確かだ。

残る敵国は二つ。

わざわざ討伐したくもない竜を討伐したのは必要だったから。

俺は腕輪からの魔力も利用し、巨大な転移門を二つ作り出す。そして、その先にもまた一つ同じ転移門を作り出す。

そうやってトンネルのようにつながった転移門の先は帝国北部国境と西部国境。

北部国境では藩国軍が北部国境守備軍と激しい戦いを繰り広げていた。状況を見るに北部国境守備軍は苦戦している。藩国軍には連合王国軍も参加しているようだし、北部はゴードンの息がかかった者が多い。なにか工作を受けた可能性もある。

西部国境では王国軍が大軍で布陣していた。攻め入るときを待ち望んでいる。そんな様子だ。

そんな二つの軍に俺は語り掛ける。

「国境に攻め入る連合王国、藩国、王国の指揮官。聞こえるか？　俺はSS級冒険者のシルバーだ」

北部国境では攻勢を強めていた藩国軍の動きが弱まる。上空に開く転移門を見て、俺が本物だと理解したらしい。

西部国境では王国軍が大慌てだった。

「こんな形で語り掛けることを許してほしい。大事な話がある。実は、帝都に竜を使って侵攻しようとした馬鹿者がいる。モンスターの戦争利用は冒険者に対する宣戦布告も同義だ。俺はこの事態を受け、SS級冒険者として帝国の守護に動く。それで申し訳ないがしばらくの間、両軍には停止していてもらいたい。この機に乗じて攻め込む場合――モンスターを戦争利用した軍とみなし、俺はあなた方を討伐する」

言葉と同時に俺は転移門に向かって銀光を放った。

転移門を通ってその銀光は両軍の少し上をかすめていく。

「これは命令ではない。あくまでお願いだ。しかし……無視するならばそれ相応の処置をとる。最低でも一週間ほどは止まっていろ。その間に帝国の混乱も収まるだろう。判断に困るならば本国の王に聞けばいい。賢明な王ならば攻め入ったりはしまい。ただ、万が一、王が誤った判断を下しそうなときはよく伝えておけ。〝この転移門はすべての国の城につなげることができる〟となｌ
そう脅しをかけると俺は転移門を徐々に閉じていく。

同時に腕輪の宝玉が砕けた。やっぱり使い捨てになったか。

まぁ仕方ない。侵攻してくるだろう他国の足止めをしなければ、帝都の混乱を収めたところで帝国はぐらつく。

やりすぎだと冒険者ギルドは言ってくるだろう。だが、どうせギルド本部の上層部は俺が聖竜を討伐した時点で文句を言ってくる。それなら徹底的にやらせてもらったほうがお得だ。

ＳＳ級冒険者として武名が轟くシルバーでしかできないこともある。

しかし、シルバーだからこそできないこともある。

断言してもいいが、ゴードンやその周りじゃ絶対に気づけない。奴らにとってもうシルバーは何があっても止まらない存在にしか映ってないはずだ。

「馬鹿な……そんな馬鹿な……俺が……俺の反乱が……なぜだ……？　なぜ邪魔ばかりする？　なぜお前たちのような規格外がこの世に存在する……？　なぜだ……？　なぜ、なぜ、なぜ

る。

「ゴードン！　しっかりしろ!!」

「……」

だが、シルバーにだってできないことはある。

そこに気づける奴が敵側にいるとすれば、それはウィリアムだけだろう。

今回の俺の行動には一つだけ欠点がある。ウィリアムたちがそこを突けば、抜け道が開かれる。

か細い道ではあるが、果たして気づくかどうか。

だから俺はウィリアムを見た。

「し、シルバー……一つ聞かせてほしい……先ほどの言葉どおりなら……我々には手出しはできないな？」

そう言ってウィリアムは毅然とした態度で俺に告げた。

そんなウィリアムを見て、目を細める。

やっぱり気づいたか。シルバーゆえのしがらみに。

「あなた方はモンスターを戦争利用した軍だが？」

「それはそちらが勝手に言っていること。こちらは否定しつづけた。二体の竜を討伐したことはこの際、何も言わん。だが、我々を攻撃するのは犯罪だ」

「ほう？　その論法で逃げるつもりか？」

「民に被害を及ぼすかもしれないモンスターを討伐するのは構わん。しかし、民に被害を及ぼすかもしれない軍を討伐することは認めん。それをすれば、お前は大陸中のすべての軍を討伐することになるぞ？」

対モンスターにおいてシルバーの権限は絶対だ。SS級冒険者という冒険者の最高峰に位置しているためだ。

しかし、それゆえに人間に対する対応には多くのしがらみがある。

脅しをかけて足止めする程度なら問題ない。モンスターが実際に現れたからだ。しかし、軍を直接攻撃するとなると、モンスターを連れてきたというだけでは弱い。

ウィリアムの言う通り、彼らは共には戦ってはいない。SS級冒険者がそれだけで軍を攻撃すれば、今回の一件はさらにややこしくなり、シルバーは信用できるのかという話になるだろう。

そしてしまいには他のSS級冒険者たちが俺を討伐しにくる。

ウィリアムの理屈は屁理屈も良いところだが、痛いところを突いている。

さすがというしかない。シルバーのしがらみに気づいたとして、シルバーにそれを突きつけて交渉できる者がどれほどいるか。

俺は先ほどルールなど知ったことかと、竜を討伐したばかりだ。

同じ目に遭わされてもおかしくはない。

この場において俺は絶対強者だ。

ウィリアムはそれに真っ向から立ち向かっている。

竜王子の名は伊達ではないということだろう。

「……ウィリアム王子。まだ戦うつもりか？」

「無論だ。もはや退けぬ」

「聖竜を二体も失った。それでも戦争をやめないか？」

「失ったからこそやめられない。それに比肩するモノを得られないならば……何のためにあの二体は死んだというのだ？」

「……」

「恨みはしない。お前はお前の役割を果たしただけだ。落ち度はこちらにあった。それは認めよう。しかし、退くかどうかは別の話だ。連合王国は必ず利益を手にする！　そのためにゴードンの身柄は絶対に渡さん！　手出しは無用！　わかったな⁉　シルバー‼」

あれだけの力を見せつけられて、まだ諦めずにできることをやろうとするか。

ゴードンは先ほどの俺の一撃を見て、放心状態だ。

反乱が失敗に終わった現実を受け入れられないんだろう。

もはやどちらが旗印なのかわからない。

いや、はっきりしているか。ゴードンは旗で、ウィリアムが旗手だ。

今、その立ち位置がはっきりした。

どうしてこの男がゴードン側なのか。

惜しい。実に惜しい。

「……いいだろう。俺は手を出さん」

そう言って俺はウィリアムに答えた。

実際、腕輪が壊れた以上、これから戦うのはしんどい。

今回は魔力を使いすぎた。暗躍中はできるだけ魔力の消費を抑えていたのに、魔導具の力を借りなきゃいけなかった。

残った魔力でもウィリアムたちを倒すことはできるだろうが、それだけだ。捕縛したり、一人も逃がさないようにしたりというのは少々厳しい。

ここが潮時ということだろう。

他国の軍の動きを止め、反乱は防いだ。

ゴードンの身柄を押さえたかったところではあるが、そこまではシルバーの仕事ではない。

すでに下ではリーゼ姉上が追撃部隊を組織している。

ウィリアムとゴードンは激しい追撃にさらされるだろう。

しかし、ウィリアムの目は死んでいない。きっとこいつはどんな手を使っても、ゴードンを生き残らせるだろう。そう感じさせる強い目だった。

諦めの悪い男だな。まったく。

だが、嫌いではない。

今回はその諦めの悪さに免じて、おとなしく手を引こう。

「見事と言っておこう。ウィリアム王子」

「全軍撤退!! 北部に退いて立て直すぞ!!」

そうしてウィリアムの号令を受けて、反乱軍の一斉撤退が始まったのだった。

8

反乱軍の撤退を見ながら、俺は転移する。

場所は父上の背後。

「失態だな。皇帝陛下」

「手厳しいことを言ってくれるな。シルバー」

馬に跨る父上は俺の言葉にため息を吐いた。

その視線の先には撤退する竜騎士たちが映っていた。

「反乱は起こした側に罪がある。上下の関係を壊す行為だからな。しかし、鎮圧できないのは王の責任だ。軍を信用するからこんなことになる。貴族の三男や荒くれ者が手柄を求めて軍人になる。奴らはいつでも手柄が欲しいのだから、目先の利に流れやすい」

「耳が痛いな。たしかに適度なガス抜きを怠ったワシの責任だ」

「それならば次は気をつけることだな。時間は稼いだ。あとはご自分でなんとかしろ」

「手助け感謝する。しかし……お前の立場はどうなる？ 帝国に肩入れしすぎれば非難されるぞ」

「非難など気にはしない。民のために良き皇帝が必要だからあなたに協力しただけだ。少なくともあの第三皇子よりはマシだろう。俺のこの判断が間違いではなかったと証明してほしいものだ」

言いながら俺は父上から視線を逸らす。

父上の責任は大きい。皇帝なのだから当然だ。

しかし、同情できる部分もある。

三年前。長兄が死んだ時点で父上は長兄に玉座を譲る準備を始めていた。

つまり、隠居する予定だったのだ。それなのに予定が急激に変わってしまった。

国の重要ポストには長兄の信者も多くいた。彼らが国の中心を去り、父上は国の立て直しを図らねばならなかった。

そのため、国外に打って出るという戦略は取れなかった。リーゼ姉上が東部国境についたように、国境に信頼できる将軍を置き、宰相とエリクによる外交政策に重点を置いた。

それを弱腰と軍部はみなしたが、それしか手がなかったことも事実だ。

長兄が生きていれば。

結局はそこに行きつく。

考えても仕方ない。すでに死んだ人だ。

だが、そこがキッカケだ。あそこがターニングポイントだった。

「期待には応えよう。できるだけな」

「それならば聖竜の骸は好きに使うといい。連合王国に売りつけるでも、部位を売り払うでもいい。冒険者ギルドを間には通してもらうがな。帝都の復興には役立つだろう」

「だから討伐したのか？」

「それもある。しかし、討伐せずに無力化すれば前例ができる。次も大丈夫などと思って戦争利用されてはたまらんのでな」

聖竜を生かすこともできた。

しかし、国境の敵軍を足止めするための理由付けにしても、この先のことを考えたにしても、生かすことのメリットは少ない。

聖竜を交渉の材料にしたところで、連合王国は動かないだろう。

三色の竜をすべて失ったならまだしも、一体は残っている。

一時的に聖竜を取り戻すために帝国と交渉の席についたとしても、すぐに反故にするのは見えている。

二体を投入した時点で、二体を失うのは覚悟の上のはず。それでも連合王国は大陸の肥沃な領地が欲しいのだ。

「お前も大変だな」

「あなたほどじゃない。俺はしばらく表立っては動けん。頼りにはするな」

「無論だ。国のことは国でやろう。すまなかった。迷惑をかけたな」

「詫びなら民にして、よりよい国を作れ。それが皇帝の仕事だ」

そう言うと俺は転移門を開き、その場を後にする。

向かった先はセバスの待つ宿屋。

そこで俺は着替えるとすぐにベッドへ倒れこんだ。

「お疲れのご様子ですな」

「まぁな……魔力を使いすぎた」

「それならばなおさらゴードン皇子を逃がすべきではなかったのでは？」

「今後、仕留めづらくなると？　それをシルバーとしてするのが問題だ。今の魔力じゃ殺さないように調整するなんて器用な真似はできない。できるのは殺すだけ。ゴードンにとってシルバーに殺されるのは救いでしかない。冒険者ギルドとか他のＳＳ級冒険者の反応とか、そういうのを抜きにしてもシルバーとしてゴードンを殺すのは悪手だ……あいつには帝都の怨嗟を受け止める受け皿になってもらう必要がある。討伐するにしろ、捕縛するにしろ、帝国に属する者がすべきだ」

これだけの被害を出した裏切り者が冒険者に殺された。

帝都の民はすっきりしないだろう。

さすがシルバーだと喜ぶだろうが、どこかもやもやを抱えるはずだ。

「それに……すべての始末をシルバーがつければ、民心が皇族から離れかねん。シルバーを皇帝にとか馬鹿なことを言い出す奴らが出てきたら、何のために戦っているのかわからなくなる」

「それは確かにそうですな。帝国を崩さぬように動いているのに、自らが帝国を割る原因になっては本末転倒です。お許しを。浅慮でした」

「いいさ……殺したほうが楽なのは事実だ。リーゼ姉上といえど少数では追い詰めきれないだろう。北部に戻ればゴードンの勢力は回復する。その鎮圧が次の戦いになる。また犠牲が増える……わかってるさ。けど、今更止まれない。ゴードンを鎮圧できればレオはエリクと肩を並べられる。いや、追い抜ける。今後は帝位争いどころじゃない。エリクとの差はきっと埋まらない。これがもっとも早いやり方だ」

「少々性急では？」

「ウィリアムは一流の武人だ。あいつはゴードンを友と認めていた。つまりゴードンは認められるだけの人間だった。それが今はどうだ？　家族にだけ醜い部分を見せているだけだと思っていたが、そうではない。今回のことで確信した。今回の帝位争いはおかしい。何か裏がある。しかし、最早後にも引けない。ならさっさと終わらせるだけだ」

そう言うと俺は強烈な眠気に襲われた。

反動が来たか。

膨大な魔力を失った体がそれを回復しようと、睡眠を求めている。

この反動は魔力量が多い奴ほどデカい。

やりたいこと、やるべきことはいくらでもある。

冒険者ギルドは本部にシルバーを呼び出すだろうし、ゴードンの鎮圧にレオは出陣することになるだろう。それに協力もしてやりたい。

だが、霊亀戦からの魔力消費がデカすぎた。

一度休まないとどうにもならない。

「しばらく寝る……どれくらい眠るかは俺にもわからん……シルバーとしてはしばらく休むとでも言っておけばいい……皇子としては毒でも喰らったと説明しておいてくれ……」

「はい、かしこまりました。すべてお任せを」

「……みんなに……礼を言っておいてくれ……よく頑張ってくれたと……」

「お伝えしておきます」

セバスの言葉を聞き、俺はゆっくりと睡魔に身をゆだねた。

深い深い闇に沈んでいく感覚がある。

すると景色が変わる。

それは過去の景色だった。

そう、三年前。

皇太子ヴィルヘルムが北部に視察に行くと決まったときのこと。

城の広場で、授業をサボって本を読み耽っていた俺のところに長兄がやってきた。

「アル！　ここにいたか。また帝都を出ることになった。しばらく会えない」

「またですか？　ヴィル兄上。皇太子なんだから帝都にいればいいでしょ？」

「皇太子だからこそ帝国中を飛び回るんだ。それに悪いことばかりでもない。色んな物を見れる。一緒に来てみるか？」

「嫌です。面倒なんで」

「お前らしいな。そう言うと思ったよ」

「あんまり仕事ばかりだとテレーゼ義姉上に嫌われますよ？」

「チッチッチッ！　私とテレーゼは愛で結ばれているから平気さ」

「惚気るならさっさと行ってくださいよ。人の幸せなんて聞いてても楽しくないんで」

そう言って俺が手で早く行けとアピールすると、長兄は苦笑しながら背を向けた。

そして。

「留守の間、帝国を頼むぞ？　アル」

それは珍しいことだった。

そんなことを言われたことはなかった。

けど、当時の俺は気にしなかった。

ただ長兄のきまぐれだろうと、苦笑しながら応じただけだった。

「お任せを。皇太子殿下」

そうして長兄は俺の前から去っていった。

その後ろ姿が最期だった。

どれほど悔やんでも悔やみきれない。あの時一緒に行っていれば何か変わったかもしれない。

しかし過去は変えられない。

ならばこそ、未来は変えてみせよう。

よりよい未来のために。

そう決意を新たにして俺はまた闇に沈んだのだった。

9

反乱軍が撤退する中で最後まで戦っている二人がいた。

「そろそろ潮時かな」

「殺される覚悟ができたってことでいいかしら？」

そう言ってエルナは近衛(このえ)第十騎士隊長のラファエルを見据えた。

エルナに傷はない。しかし、ラファエルには小さな傷がいくつもあった。

それが二人の差といえた。細かい部分でエルナはラファエルをすべて上回っていたのだ。

しかし。

「いや、僕はまだ死にたくないから、そんな覚悟はしたくないな」

「そんな勝手が許されると思っているの？　近衛騎士隊長の身分にありながら陛下を裏切ったあなたを誰も許さないわ。すべての近衛騎士隊長があなたを狙うわよ？」

「楽しみだなぁ。近衛騎士隊長だと同僚とは戦えないから」

「それが裏切った理由？　そんな理由で裏切ったの？」

「半分くらいはそうだね。強い奴と戦いたい。剣士ならそう思うのは必然だ」

「そう……ならお望みどおり戦ってあげるわ。逃げるんじゃないわよ！」

エルナは闘気を全面に押し出す。

その姿にラファエルは後ろ髪を引かれたが、興味を断った。

「君と全力で戦うのは楽しみだけど、僕はアリーダ団長と一戦交えて疲れてるし、君も聖剣を使って万全じゃない。勝負は預けるよ。これ以上戦ってると袋叩(ふくろだた)きに遭いかねないしね」

ラファエルはそう言うとエルナから大きく距離を取った。

しかし、その程度ならエルナにとってはあってないような距離だった。

間一髪、ラファエルの懐に入ると、エルナはその首を飛ばしにかかる。

ラファエルはエルナの剣を避けるが、首に新たな傷がついた。

「強いなぁ……さすがはアムスベルグ」

「ずいぶん余裕ね？　逃げられないって証明してあげたんだけど？」

「逃げるさ。僕はまだ死ねないし、やることがあるからね」

そう言ってラファエルは再度距離を取った。

今度は距離を取っただけではない。

周囲に控えていた多くの暗殺者がラファエルの撤退を助けるために、エルナに攻撃を仕掛けた。

そうやって周りの助けを借りながら、ラファエルは城でもアリーダと戦っていた。

一対一での戦いがラファエルの望みだったが、それ以上に目的を優先しなければいけなかったからだ。

今もまた、死力を尽くすことは許されてはいない。

だからこそラファエルは逃げに徹した。

それに対して、エルナは攻撃してくる暗殺者を瞬殺しながら、ラファエルを追撃する。

しかし、いくらエルナといえど、ラファエルほどの実力者が本気で逃げている中で妨害を受けては追いつけない。

帝都の外周に入ったところでエルナはラファエルを見失うことになった。その周囲には決死の足止めをした暗殺者たちの死体が転がっていた。

「謎が多いわね……」

裏切った近衛騎士隊長に、謎の暗殺者たち。

そもそもゴードンとザンドラが協力したからといって、ここまで好き勝手やられるはずはない。

なにか裏がある。

そう感じつつも、エルナは剣を鞘にしまった。

それを考えるのは自分の仕事ではないからだ。

「アルは無事かしら……」

姿の見えない幼馴染を心配しつつ、エルナは帝都の残敵掃討に移ったのだった。

■■■

冒険者ギルドの近くの路地裏。

そこにエリクは立っていた。

「殿下」

「首尾はどうだ？」

「殿下のご指示どおりに動いています」

「そうか。母上のほうはどうだ？」

「適度に兵を向かわせました。疑われることはないかと」

そんなエリクの後ろ。

光の当たらぬ陰から声が聞こえてくる。

陰の中。そこにいたのはシャオメイだった。

「よくやった。色々と予定は狂ったが、ゴードンの敗走も想定していなかったわけではない。レオナルトとアルノルトが活躍しすぎではあるが、それも誤差の範囲だろう」

「はい。では、私は〝あの方〟と共に行動します」

「頼んだ。情報は逐一私に流せ」

「かしこまりました」

そう言ってシャオメイは陰の中に消えていく。

それを見て、エリクは冒険者ギルドの中へと戻っていく。

帝都で何があろうと、この中は安全だとエリクは知っていた。

緊急事態ならば大陸中と連絡が取れ、手練れの冒険者が大勢集まる。

そして。

何かあればシルバーが動くだろうことは予想できた。

ゆえにエリクは自分の身を帝都支部に置き、そこを拠点として策謀を巡らせた。

「ご苦労、冒険者たち。いい働きだったぞ」

そう小声でエリクはつぶやく。

冒険者を動かした功績。そして皇国の大使を通じての情報操作。

決定的な仕事はした。最も少ない労力で、だ。

今回の結末はエリクの思い描いた結末とは違った。しかし、それは問題ではなかった。

結末が変わるならそれに合わせて動きなおすまでのこと。そうやってエリクはいつも自分が得をするように立ち回ってきた。

ザンドラは完全に脱落し、ゴードンも苦境に陥った。

ライバルと目された帝位候補者たちはもはや風前の灯。

新たに台頭したレオナルト陣営も、今回の反乱で総力を費やした。

「やはり爪を隠していたな？　アルノルト」

隠してきた多くの手の内をさらけ出し、ようやく手柄をあげたレオナルトとアルノルト。

二人とは違い、エリクはまだほとんど手を見せていない。

また一つ、エリクが優位に立ったのだった。

■■■

帝都の東門。

一時、皇帝の拠点となったここの警備は手薄になっていた。

皇帝が帝都の外に出るとき、他国の要人たちを東門から引き離し、そちらに護衛の多くを割いたからだ。

彼らはミツバたちと合流し、帝都に身を潜めた。

ゆえに、この東門に襲撃が掛けられるとは警備についていた兵士たちは思わなかった。

「ふん、軟弱もいいところだな。そなたもそう思わないか？　シャオメイ」

「まったくです。ゾフィーア様」

シャオメイはそう言って恭しく頭を下げた。

年は四十を超えているが、いまだに若々しく、鍛え上げられた肉体を持つ。

シャオメイの前にいるのは赤い髪の女性。

その手に持った剣には血痕がついていない。警備についていた兵士たちを斬ったにもかかわらずだ。それだけで相当な達人であることがうかがえた。

彼女の名前はゾフィーア。第四妃の地位にあった女性であり、ゴードンの実母でもある。

反乱開始から彼女はずっとその身を潜めていた。

そんな彼女がこの東門に来たのはもう一人の息子のためだった。

「捕まるとは情けない。この程度の警備なら一人で突破して見せたらどうだ？　コンラート」

「これはこれは、母上。相変わらず無茶なことを言う人っすね。ここを守るのはリーゼロッテ姉上の部下っすよ？　突破できるわけないじゃないっすか」

「情けない。この程度の兵士を恐れるとは」

「妃にならなければ近衛騎士隊長になっていたと言われる母上と一緒にしないでほしいっす。それで出してくれるんっすか？」

そんなコンラートの言葉を受け、シャオメイはコンラートが閉じ込められた部屋を開ける。

やっと出られるとばかりにコンラートは一つ伸びをするが、そんなコンラートに声をかける者がいた。

「ぼ、僕も連れていってください！」

そう言ったのはヘンリックだった。

すでに帝都の状況は護衛のやり取りから大体想像できた。

ザンドラは反乱に加わり、失敗した。その弟であるヘンリックもこのままでは罪は免れない。

ならばコンラートについていこう。そうヘンリックは思ったのだ。

しかし。

「ふん、ズーザンの息子か。あの女狐の息子らしく、卑怯で恥知らずだな。助かるためなら我々にも縋ると？　そんな軟弱者はいらん」

「ま、待ってください！　必ず役に立ちます！」

「そなたに何の力がある？　姉の権威以外に自慢できるものがあるというなら見せてみろ」

「そ、それは……」

ヘンリックはゾフィーアの言葉に狼狽する。

ヘンリックは平均的な男子からすれば優秀だった。しかし、皇族の中ではそこまで飛びぬけて優秀というわけではない。

だからこそ、ザンドラの権威に頼っていた。

それがなくなった今、自分には何があるのか。

ヘンリック自身にもわからなかった。

答えられずに下を向くヘンリックを見て、ゾフィーアは鼻を鳴らして話を進める。

「行くぞ、コンラート。シャオメイ、そこの役立たずは始末しておけ」

「あー、ヘンリックを置いていくっすか？」

「無論だ。どんな役に立つというんだ？」

「役に立つかはわからないっすけど、置いていくのは忍びないっす。なので、オレもここに残るっす」

「なにぃ？」

ゾフィーアはコンラートの言葉を受けて、立ち止まる。

そしてコンラートを強く睨んだ。

「正気か？」

「正気っすよ。ヘンリックとは閉じ込められた仲であり、母は違えど弟っす。見捨ててはいけないっす」

「コンラート兄上……」

ヘンリックが感極まって涙を見せる。

そんな様子を見て、シャオメイが仲裁に乗り出した。

「時間がありません。ヘンリック殿下もお連れしましょう」

「……コンラート。責任は持つのだな？」

「もちろんっす」

「……ならついてこい」

そう言ってゾフィーアは背を向ける。

それを見てコンラートはにんまりと笑ってヘンリックに手を差し伸べた。

「許可が出たっすよ。ヘンリック」

「ありがとうございます！　ありがとうございます！　このヘンリック！　必ずや恩義に報います!!」

「いいっすよ。そういうのは」

そう言ってコンラートはヘンリックに背を向けて、先に部屋を出た。

その顔に浮かぶ笑みを見て、シャオメイは悪い人だと心の中でつぶやく。

軽薄そうな見た目のコンラートの顔に浮かんでいたのは、底知れぬ悪だくみの笑みだった。

その笑みはどこかアルの笑みに似ていたのだった。

10

帝都での反乱は皇帝側の勝利で終わった。しかし、被害は甚大。首謀者も生きている。

空で竜騎士たちと戦っていたレオは、シルバーの登場で一気に自分たち側に流れが傾いたのを察して、空での戦いを終わらせていた。

「深追いはしなくていい！」

ウィリアムに従い、撤退する竜騎士たち。それを追撃しようとしていた鷲獅子騎士たちをレオは制止する。

勝つには勝ったがこちらも無傷ではない。そもそも強行軍で帝都まで戻ってきたのだ。ほぼ全員が疲労困憊だった。

だからレオは鷲獅子騎士たちにレティシアの護衛を命じた。

「全員、下に降りて防御陣形！　レティシアを守るんだ！　ここから敵が狙う相手は限られている！」

「レオ……」

「下で休んで待っていて。僕はあと少しやるべきことをやってくるよ」

「はい。お待ちしてます」

明らかに疲れた顔をしているレティシアにそう言うと、レオは一気に速度を上げて帝都の北門へ向かった。

そこでは撤退するゴードンとウィリアムを追撃するために、リーゼが追撃部隊を編成していた。

「リーゼ姉上！」

「レオか。助かったぞ。いいタイミングでの援軍だった」

「いいえ、もっと早ければここまで被害は大きくなりませんでした……」

レオは帝都を見て、そうつぶやく。

あちこちで煙が上がっており、悲鳴は絶えない。帝都中が戦場となった。暴徒となった兵士もいたことだろう。その被害を受けるのは民たちだ。

自分がもっと早く来ていれば。そういう後悔がレオにはあった。

「何事も思ったとおりにはいかん。その時に思い付く最善をしていくしかない。後になって考えても結果は変わらん。起きたことは起きたのだ。仕方がない」

多くの戦場を経験してきたリーゼの言葉は重い。

姉の教えにレオは静かに頷く。そんなレオを見て、リーゼはフッと微笑む。

「悪いことばかりではない。大切な家族は守れた。皇族として……こんなことを言うのは民への裏切りといえるだろうが……私は父上やアル、クリスタが無事でよかったと思っている。私たちは守り切ったのだ。そのことだけは胸を張るべきだろう」

「そうですね……大事なものは守れた……そう自分を納得させることにします」

「そうしろ。私はこれより反乱軍を追う。お前は父上の傍で帝都の立て直しだ」

「はい。一刻も早く立て直します」

「国境はおそらくガタガタだ。無事なのは南部くらいだろう。東部も皇国が隙あらばという形で見つめているはずだ。帝国は多方面に戦線を抱える形となった。これを押し返すのは並大抵のことではない。仮にも皇子の反乱だからな……これから兄上を失った時以上の混乱が起きるかもしれん」

リーゼは混乱する帝都の様子を眺めながら告げる。三か国からの同時侵攻に加えて、皇国も参戦しかねない状況。帝国は一気に窮地に追い込まれた。

ここで敗戦が続くようなことがあれば、一気に帝国は領土を失うことになる。

その混乱はかつて皇太子を失った時に匹敵しかねないものだった。

だが、レオは強い意志を持って告げる。

「ですが、勝利を重ねれば周辺の敵対国をすべて黙らせることができます。それにあまり良い考えとは言えませんが……戦場では手柄を立てられます」

「ふっ……なかなか言うようになったな？　その通りだ。劣勢は優勢の前触れだ。すべて叩(たた)きのめして逆らう気力を無くしてやろう。まずは裏切り者から、な」

猛禽類(もうきんるい)を思わせるような笑みを浮かべると、リーゼは近くの兵士に自分の馬を引かせる。

そして部下に告げた。

「追撃するぞ！」

「閣下！　未(いま)だ八百ほどしか集まっておりません！」

「遅い！　遅れてくる者にはあとからついて来いと伝えておけ！　八百で十分だ！　楽に撤退させるな！　ついてこい！」

号令を飛ばしてリーゼは出撃していく。

意気込みはゴードンとウィリアムを討つことだが、それをさせまいと敵は必死になってくる。いくらリーゼといえど、死を覚悟した兵士たちをすべて突破して敵将を討てるとは思っていなかった。だが、楽に撤退されると容易(たやす)く立ち直ってしまう。

なるべく恐怖と犠牲を強いて、消耗させなければいけない。

次の戦いのために。

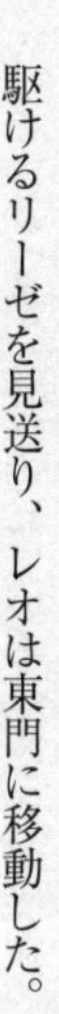

駆けるリーゼを見送り、レオは東門に移動した。

そこでは帝都の外へ逃れていた皇帝ヨハネスが、改めて帝都に入って来ていた。

「父上！　ご無事でなによりです！」

「おお!!　レオナルト！」

空から降りてきたレオを見て、ヨハネスはレオの下へ駆け寄る。

「よくぞ、間に合ってくれた」

「皆が時間を稼いでくれたおかげです。敵は誤算だらけだったようですしね」

「反乱などそんなものといえばそんなものだろうが、一番はお前の兄の存在だろうな」

「兄さんは場をかき回すのが得意ですから。ところで兄さんはどちらに？」

「ワシも探しているところだ。目撃情報では帝都の中層でザンドラと戦っていたらしいが……」

セバスがアルを放置するわけがないため、命に関わる何かに巻き込まれることはほぼないと、ヨハネスもレオも思っていた。

だが、姿が見えないのは不安だった。

そんなヨハネスの後ろからヒョコっと黒髪の少女が顔を出した。

「レオナルト！　アルノルトがいないぞ！　どこにいる!?」

「これは仙姫様。兄さんはどうやら戦闘に巻き込まれたようで……」

「なにぃ!?　では妾を出迎える準備はしていないのか!?　妾は魔力がない中、せっせと皇帝の近くで結界を張っていたというのに！　労いがないのは納得できん！」

「仙姫殿、そのことは感謝している。仙姫殿がいなければより厳しい戦いになっていただろう。

これから城に戻り、部屋を用意させよう。まずは休んで、それからお礼をさせていただこう」

「お礼などいらぬ。妾はアルノルトに褒められたいだけだ！」

えっへんとオリヒメは胸を張る。レオは苦笑する。

素直なオリヒメの言動にレオは苦笑する。

間違いなくこの反乱は皇帝の危機だった。その皇帝の近くで結界を張るというのは、目立たないが大きな仕事といえた。万が一が起きたとき、オリヒメの結界は大いに役に立っただろう。

霊亀の一件から始まり、帝国はオリヒメに大きな借りがあった。そしてそれがまた増えた。

何か大きな要求をされたら断れないほどに。

そんなオリヒメの要求は、褒めよという一点のみ。欲のなさにレオですら肩の力が抜けてしまうほどだった。

「では、兄さんを探してきます。しばしお待ちください」

「うむ！　それまで皇帝のことは任せるがよい！　もう疲れて寝てしまいそうだが！」

「なるべく急ぎます」

オリヒメとて疲れ知らずというわけではない。皇帝の周りに結界を張り、東門での戦いをアシストしていたが、その前に玉座の間の結界を修復しており、さらにその前には霊亀との戦闘に参加している。そろそろ限界というのは誇張でもなんでもなかった。

それを理解していたレオはすぐに空へ上がると、帝都の中層へと向かう。

最も大規模な戦いが行われた中層では、冒険者と兵士たちによって怪我人の手当や戦の後始末が始まっていた。

ここは大陸の中央に位置する帝国の帝都。中層はその中心だ。城に行くにも、四方の門へ行くにも通る場所だ。そこが戦場になったのだ。

いつまでも死体をそのままにはできない。崩壊した建物も建て直さなければいけない。

今は避難している民にも普段の暮らしがあるからだ。勝って終わりではない。

これからしばらくは帝都の復興に力を注がなければいけないだろうなと思いつつ、レオは中層で見知った人間を見つけて降下した。

「エルナ！」

「レオ！ ちょっと！ アルの姿が見えないんだけど⁉」

エルナもアルを探していたようだ。

周囲では第三近衛騎士隊がアルの捜索に当たっていた。

「僕も探しているんだ。セバスもいるし、無事だとは思うけど」

「それはそうだけど、皇子が行方不明のままってわけにはいかないわよ！」

「まったくもってその通りだね」

レオは頷き、アルの捜索に加わる。だが、どれだけ探しても見当たらない。

どうしたものかと思案していたとき、二人の前にガイが現れた。

「ここにいたか！ 二人とも」

「ガイ！ アルがいないの！ どこに隠れてるか知らない⁉」

やってきたガイに対して、エルナはすぐに詰め寄る。目撃情報では直前までガイがアルの傍にいたからだ。

「居場所は知ってる！　だから放せ！」

胸倉を摑まれ、詰問されたガイはエルナの手を叩きながらそう言う。

だが、エルナはガイの胸倉を摑んだまま放さない。

「どこ⁉　言いなさい！　早く！」

「ちょっ！　とりあえず放せって……」

「言いなさい‼」

「息が……」

「なに⁉　アルの身に何かあったの⁉」

「エルナ、ガイの身に何かあっちゃうよ」

「あ、それもそうね」

エルナの締め上げから解放されたガイは、助かったとばかりに大きく息を吸い込む。

そして。

「助かったぜ、レオ……今更、この反乱の最中でもっとも死を近くに感じるとは思わなかった……」

「早く言わないからでしょ。で？　アルはどこ？」

「お前はアルにしか興味がないのか？　俺の身は？」

エルナの言葉にガイは強張った笑顔を浮かべるが、諦めて路地裏のほうを指さす。

「アルはそっちの宿屋にいる。ついてこい」

「避難してたのね。見つからないわけだわ」

「セバスが傍にいるから、動き回る必要はないって思ったんだろうね」

「興味ないわ」

■■

アルがいるという宿屋。その一室の前でガイは足を止めた。

「どうしたのよ？」

「いいか……心の準備をしておけよ」

「ど、どういうことよ……？」

「アルはこの部屋の中にいる。俺が見つけたときには……」

「そんな……嘘よ!!」

ガイが深刻な顔でつぶやくが、それを遮ってエルナが部屋の中へと入っていく。そんなエルナを見て、ガイがニヤリと笑うのをレオは見逃さなかった。

部屋の中に入ったエルナは、ベッドで眠るアルを見て、急いで駆けよる。

「アルっ!!」

ベッドに駆け寄ったエルナはアルの手を握り、その体に縋る。だが、想像していた冷たさはなかった。

そんなエルナの様子を後ろでニヤニヤと見ていたガイは告げる。

「俺が見つけたときにはもう、寝てたんだなぁ、これが。いやぁまいったまいった」

「ガァイ……？」

「しかし、無事でよかった。俺も宿屋で寝ているアルを見つけたときは、まさか⁉　って思ったからな。どうだ？　いい感じに俺の気持ちがわかったか？」

先ほどの首絞めのお返しも含めて、ガイはエルナに悪戯を仕掛けていた。レオにはわかるようにやっていたのは、レオにはこういう悪戯をしてはならないという思いがガイにはあったからだ。

しかし、エルナにはしてもいい。長年の幼馴染としての付き合いがあるからだ。

ただし、こういう場合の結果はいつも一緒だというのにガイは学んでいなかった。

「性質が悪いのよ！　本当に死んだかと思ったじゃない⁉」

「死ぬわけねぇだろうが！　セバスが傍にいるんだぞ⁉」

「意味深に言われたら、そうかも⁉　って思うでしょ！」

エルナはガイに近づき、近くにあった替えの枕でガイを殴りつける。

枕での打撃。だが、エルナが振り回せば何でも凶器となる。

ガイは何とか両腕でガードして攻撃を防ぐ。

しかし。

「お、おい!? 気が済んだろ!?」

「済まないわよ！」

何度も枕で殴られ、次第にガイの体勢が崩れていく。どんどん威力も増しており、両腕のガードでも力を吸収しきれなくなっていた。

しまいにはガイは部屋の隅で倒れて、体を丸くしてエルナにされるがままになっていた。

「痛てぇ！ やめろ！ ただの冗談だろ!?」

「状況を考えなさい！ 状況を！」

「だから意味深に匂わせただけで終わらせただろうが!? おい!? もうやめろ！ 悪かったって！」

「心の底から謝るまで許さないわ！」

「悪かったって！」

「許さない！」

「ご、ごめんなさい……」

「許さない！」

「れ、レオぉ……」

「今のはガイが悪いよ、ガイが」

部屋の隅で枕による殴打を受けるガイに対して、レオは肩を竦めてつぶやく。

助けが見込めないと悟ったガイは、この場からの逃亡を図るが、エルナがそれを許さない。

そんな中、水を取り替えにいっていたセバスが部屋に戻ってきた。

「おや？　いつの間にか賑やかですな」

「やぁ、セバス。兄さんの保護、ありがとう」

「それが私の仕事ですので。しかし、いつの間にか患者が一人増えましたな」

エルナによって完膚なきまでに叩きのめされたガイを見て、セバスはつぶやく。

そして荒い息を吐くエルナに説明する。

「ガイ殿はアルノルト様を探すために四方を走り回っていました。私はアルノルト様の傍を離れられなかったので、近くまで来てくれたのは本当に助かりました。お二人には真っ先に伝えにいったはずです」

「ふん、それとこれとは話が別よ」

「セバスぅ……俺にもベッドを用意してくれぇ……」

「後でご用意します。ガイ殿には説明しましたが、アルノルト様は厄介な呪いを受けたようです。しばらく目を覚まさないかと」

「呪い!?」

「はい。城で受けたようですな。私が傍に来たときにはすでに手遅れでした。ただ、命に別状はないようです。ただ寝ているだけですので」

「皇族の血のおかげでその程度で済んだってことかな？」

「そうかもしれませんな。本人いわく、城の中をあちこち探っていたようです。その時に呪いか、それに準じるような毒を受けたのかもしれません」

「とにかく命に別状がないならよかったよ……」

「とりあえず城に連れていきましょう。ここじゃ護衛もしづらいわ」

「いや、それはできない」

エルナの提案にレオは首を横に振る。

エルナがその言葉に怪訝な表情を浮かべた。

「どうしてよ？」

「まだ城が荒れているっていうのと、せっかく勝利の雰囲気が漂っているのに皇子が倒れたなんて知れたら士気が下がっちゃう。ましてや兄さんは今回、大注目だったからね。結局、相手の魔の手が兄さんに届いてたってことになったら勝利の雰囲気が壊れちゃうんだ」

帝都での勝利は薄氷の上での勝利だ。

反乱軍は敗走中とはいえ、全滅したわけではない。他国もいつでも攻め込んでこれる。

帝国は劣勢なのだ。それでも勝利は勝利。この勝利がそういうことを忘れさせてくれる。

だから、この勝利の雰囲気を壊すことはできない。これ以上、混乱と動揺を帝都に与えるわけにはいかなかった。

皇族は全員無事。相手は何の戦果も挙げられなかったという形が大切だった。

「でも、それじゃあアルはしばらくここにいるってこと……？」

「仕方ないよ。戦線は帝都のあちこちに散らばっていた。状況をこちらは把握しきれてない。そんな中で誰にも見つからずに兄さんを城に移動させるのは至難の業だ。噂が流れでもしたら、今の僕らじゃ止められない」

冷静な判断だった。

兄のためというだけで動くわけにはいかなかった。

「兄さんは完全に反乱軍を翻弄した。それは帝都の皆が知っている。だからこそ、兄さんの身に何かあったということは知られちゃいけない。セバス、極秘裏に護衛はできるね？」

「お任せを」

「エルナは部隊を集めて、この周りを固めて。なるべく自然に、ね」

「わかったわ」

「それじゃあ僕は」

「俺のベッドも用意してくれぇ……」

話が終わりそうな雰囲気を察知して、ガイが床に這いつくばったまま再度ベッドを要求する。

どうやら本当に立ち上がることができないようだった。

レオはため息を吐きながらエルナを見る。

「やりすぎだよ？」

「いいのよ、ガイなら」

「いいわけねぇだろ!?」

床に這いつくばったままガイがそう言うが、迫力に欠ける。

その様子にレオは軽く笑いながら、寝ているアルに視線を移す。

穏やかな寝顔だ。それだけの貢献をしたのだから、当然の権利といえた。

今は自分が頑張る時。

そう心に誓ってレオはアルから視線を逸らした。

やることは山積みだからだ。

できるならば、アルが起きたときにはすべて終わったと言えるように。そうでなくても、今よりは好転した状況にできるように。

「さぁ、もうひと頑張りだ」

言いながらレオは部屋から出て、騒がしい帝都に戻っていったのだった。

エピローグ

Epilogue

第三皇子ゴードンの反乱。

それはゴードンとそれを支えるウィリアムの帝国北部への撤退で一時休戦という流れとなった。

帝都での反乱に失敗したゴードンとウィリアムは、地盤を固めることが最優先であり、対する皇帝側も帝都をまず立て直さなければいけなかった。シルバーの稼いだ時間で、なるべく早く立て直さなければ諸外国からの強烈な侵攻を受けることになる。

しかし、今回の反乱は軍部の反乱。各地の軍を信用しきれないため、帝国は大々的な動きを取ることができなかった。

それでも記念式典に来ていた各国要人を帝国南部から避難させ、国境付近の民を帝国中央へ一時退避。

信用できる軍を選抜し、さらにその軍の大将として皇族を派遣するという形を取ることで、最低限の反撃態勢を整えた。

そんな忙しい期間を過ごしていた皇帝ヨハネスだが、ある決断を下していた。

それは。

「……第二皇女ザンドラは第三皇子ゴードンと共に皇帝に反逆し、帝都を混乱に陥れた。犯した罪の重さから通常の死罪では足らぬと判断した。よって、ザンドラには帝毒酒を与えることとする。ただし執行は後日、時期を見てとする」

重臣たちに決定を伝えたあと、ヨハネスは周りの者を下がらせて一人玉座に座っていた。

ザンドラの処刑が後日となったのは、今の時期にザンドラを処刑しても旨味がないからだ。

反乱軍の主力はゴードンの部下であり、ザンドラの部下ではない。ここでザンドラを処刑しても相手の士気には影響しない。それどころか、ザンドラの部下たちの反発を招くことになる。

今はゴードンや諸外国に集中するとき。状況が落ち着くまでは処刑は延期という流れとなった。しかし、それはヨハネスにとって何の救いにもならなかった。

ヨハネスは目を閉じて、過去に思いを馳せる。

幼い頃からザンドラは賢い子だった。母の影響かすぐに魔法に興味を持ち、多くの者を驚かせる才能を見せつけた。

歴代の皇族の中でも屈指の才能を持っていることは確かだった。ゆくゆくはとんでもない魔導師になると誰もが思っていた。

だが、ヨハネスはそんなザンドラを戦場にはあまり出したがらなかった。わざわざ皇女のザンドラが戦場に赴かなくても、兄弟たちが優秀だったからだ。

リーゼロッテが将軍として頭角を現しており、ヨハネスとしては次女のザンドラはお淑やかでいて欲しかったのだ。

子供の頃、ザンドラはヨハネスの膝の上がお気に入りだった。玉座の間にいようが、私室にいようがお構いなしだった。

自分の特等席だとばかりにヨハネスの膝を占領し、難しい魔導書を読んでいた。

今でも当時のザンドラを鮮明に思い出せる。

愛しき自分の娘。自分なりに愛情を注いだつもりだった。

どこで間違えたのか？　何がいけなかったのか？

自問自答を繰り返すが、やがてそれが無駄なことだと気づいてしまった。

処刑は決まった。それは覆らない。

帝毒酒は七日七晩、決して殺すことなく苦しませる恐怖の毒酒だ。一度飲めば解毒は不可能。

少なくとも解毒した者は歴史上、誰もいない。

おそらく大陸史上最強の毒だ。それを自分の娘に使う。そのことにヨハネスは現実逃避したい気分だった。

だが、酒に溺れるわけにはいかなかった。

不安定な今こそ、皇帝として強烈なリーダーシップを発揮しなければいけない。

だが、どうしても思わずにはいられなかった。

「ヴィルヘルムが生きていれば……」

最も信頼していた息子。

誰もが認める後継者だった。ゆえに帝位争いは早い段階から起きないだろうと思われていた。

ヨハネスもそう思っていた一人だった。だからすべての子供たちに愛情を注いできた。

だが、帝位争いは起きてしまった。

すべてはヴィルヘルムの死から始まったのだ。

■■■

フラリとヨハネスはアルの部屋に来ていた。

反乱の際の毒により、アルは眠ったままだった。その様子を見に来たのだ。

だが、そこには先客がいた。

「ミツバ……」

「陛下、アルの様子を見にきたのですか？」

アルの実母である第六妃のミツバがそこにはいた。

ヨハネスは静かに頷くと、ベッドで眠るアルを見つめる。

「まだ……目を覚まさんか」

「はい。長くなるかもしれないという話です。ただ命には別状ないだろう、と」

「そうか……此度の反乱ではアルノルトがよく動いてくれた。本当に……よくやってくれた。

自慢の息子だ。目を覚ましたら褒美をやらんとだな」

「アルは褒美を欲しがったりはしないでしょう。それよりも求めるのは平穏です」

「そうだろうな……許せ、不甲斐ない皇帝のせいで平穏は与えられん」

アルが望むのは自らと家族の平穏だ。それさえあれば、文句はなかった。それをヨハネスも理解していた。

だが、今は混乱期。それを与えることはできない。

「軍部を完璧に信頼できん以上、皇子たちを使うことになるだろう。アルノルトも起きたらきっと戦場だ。下手すれば数年単位で帝都には戻れんかもしれん」

「皇子なのですから、そういう責務は仕方ないでしょう。いくらこの子が嫌がろうと避けられないものです」

「……責務か……血を分けた兄弟を討つのも……責務という言葉で片づけられるだろうか……？」

ザンドラの処刑を決めたヨハネスは傷ついていた。どれほど罪を犯しても、愛した娘であることには変わらないからだ。だが、それを臣下には見せない。皇帝だからだ。

しかし、ここにはミツバと眠るアルしかいない。

私人としてのヨハネスがそこにはいた。

だからヨハネスは不安を口にした。

「……状況次第ではアルノルトにゴードンの討伐を命ずることになるだろう……」

「帝位争いに参戦した時点で兄弟を討つことは覚悟しているはずです。ご心配なく」

「勢力争いで蹴落とすのと、戦場で討つのでは訳が違う……！　ワシはザンドラを裁くと決断した時、胸が痛かった。張り裂けそうだった。皆の前では言えないが……何をしようと我が娘だからだ……」

「存じています。陛下が子供たちに深い愛情を持っていることは」

「……ワシはいいのだ……皇帝だ。どれほど傷つこうと皇帝だから仕方ないと思える……だが、アルノルトは違う。皇帝ではない。皇帝を目指しているわけでもない。皇族として敬われているわけでもない。なのに……兄殺しを強いられる。心配だ……この子は家族を大切に思いすぎているからな……」

眠るアルの髪を撫で、ヨハネスは深く息を吐く。

そんなヨハネスにミツバは寄り添う。ヨハネスが弱音を吐ける場は多くはない。

せめてここでは、弱音を吐き、息子が心配だと言える平凡な父であってほしかった。

「大丈夫です。アルは一人ではありませんから。あなたが一人ではないように」

「……どうしてこうなったのだろうな？　かつては子供同士が争う姿を見ないで済むと思っていた。歴史上、ワシほど幸運な皇帝はいないと思っていた。しかし……今はどうだ……？」

ヨハネスは静かに眠るアルの手に自分の右手を重ねる。死んではいない。それだけが唯一の救いだった。

そんなヨハネスの左手をミツバは静かに握った。

今のヨハネスに皇帝の威厳はなかった。今にも消えてしまいそうなほど儚(はかな)い。

皮肉なものだ。優秀な後継者に恵まれたがために、他の子供たちに深い愛情を注いだ。

だが、その後継者を失い、愛した子供たちが争う様を見守ることになった。

歴代の皇帝たちは未来がわかっているから、ヨハネスほど深い愛情を子供に注ぐことはなかった。それは皇帝としての予防策だった。

その予防策をヨハネスは取っていなかった。だから傷ついている。

「ミツバ……果たしてこの難局の果てに我が子は何人生きているのだろうか……？」

「未来を憂うのはわかります。しかし、もう少し自分の子供たちを信じてください。あなたの子供たちです。きっとあなたの力となり、そして生き抜きます」

そう言ってミツバはヨハネスを励ます。

ミツバの言葉を聞き、ヨハネスはそうだなとつぶやき、そっとベッドから離れていく。

そして背筋を伸ばして皇帝らしく部屋を去っていく。やるべきことは山積みだからだ。

そんなヨハネスを見送り、ミツバは眠るアルを見つめる。

その寝顔は安らかで、何も不安はなさそうだった。

クスリと笑い、ミツバはそっとアルの頰(ほお)を触る。

「自慢の息子だそうよ。良かったわね、大好きな父上に褒められて」

笑みを浮かべながらミツバもベッドを離れる。すると、部屋の扉が開いた。

「あ、ミツバ様！」

「ちょうどよかったわ、フィーネさん。アルのことをよろしくね?」

「は、はい!」

フィーネに眠るアルのことを任せて、ミツバは部屋を出る。ヨハネスとは違い、ミツバに不安はなかった。

アルはかつてのアルではない。多くの人がアルの傍(そば)にいる。

反乱の最中、アルは多くの人との絆(きずな)を見せつけた。だからきっとこれからも大丈夫。

そうミツバは確信していたのだった。

最強出涸らし皇子の暗躍帝位争い9
無能を演じるSSランク皇子は皇位継承戦を影から支配する

著　タンバ

角川スニーカー文庫　23133

2022年4月1日　初版発行

発行者　青柳昌行

発　行　株式会社KADOKAWA
〒102-8177 東京都千代田区富士見2-13-3
電話　0570-002-301（ナビダイヤル）

印刷所　株式会社暁印刷
製本所　本間製本株式会社

●お問い合わせ
https://www.kadokawa.co.jp/（「お問い合わせ」へお進みください）
※内容によっては、お答えできない場合があります。
※サポートは日本国内のみとさせていただきます。
※Japanese text only

Printed in Japan　ISBN 978-4-04-112422-2　C0193

★ご意見、ご感想をお送りください★

〒102-8177 東京都千代田区富士見 2-13-3
株式会社KADOKAWA　角川スニーカー文庫編集部気付
「タンバ」先生
「夕薙」先生

角川文庫発刊に際して

角川源義

第二次世界大戦の敗北は、軍事力の敗北であった以上に、私たちの若い文化力の敗退であった。私たちの文化が戦争に対して如何に無力であり、単なるあだ花に過ぎなかったかを、私たちは身を以て体験し痛感した。西洋近代文化の摂取にとって、明治以後八十年の歳月は決して短かすぎたとは言えない。にもかかわらず、近代文化の伝統を確立し、自由な批判と柔軟な良識に富む文化層として自らを形成することに私たちは失敗して来た。そしてこれは、各層への文化の普及滲透を任務とする出版人の責任でもあった。

一九四五年以来、私たちは再び振出しに戻り、第一歩から踏み出すことを余儀なくされた。これは大きな不幸ではあるが、反面、これまでの混沌・未熟・歪曲の中にあった我が国の文化に秩序と確たる基礎を齎らすためには絶好の機会でもある。角川書店は、このような祖国の文化的危機にあたり、微力をも顧みず再建の礎石たるべき抱負と決意とをもって出発したが、ここに創立以来の念願を果すべく角川文庫を発刊する。これまで刊行されたあらゆる全集叢書文庫類の長所と短所とを検討し、古今東西の不朽の典籍を、良心的編集のもとに、廉価に、そして書架にふさわしい美本として、多くのひとびとに提供しようとする。しかし私たちは徒らに百科全書的な知識のジレッタントを作ることを目的とせず、あくまで祖国の文化に秩序と再建への道を示し、この文庫を角川書店の栄ある事業として、今後永久に継続発展せしめ、学芸と教養との殿堂として大成せんことを期したい。多くの読書子の愛情ある忠言と支持とによって、この希望と抱負とを完遂せしめられんことを願う。

一九四九年五月三日

世界最高の暗殺者、異世界貴族に転生する
The world's best assassin,
To reincarnate in a different world aristocrat
月夜 涙
画 れい亜
"伝説の暗殺者"、異世界で無双
最強×無敵の
アサシンズ・ファンタジー――！
特設サイトはコチラ！
世界一の暗殺者が、暗殺貴族の長男に転生した。現代であらゆる暗殺を可能にした知識と経験、そして暗殺者一族の秘術と魔法。その全てが相乗効果をうみ、彼は史上並び立つ者がいない暗殺者へと成長していく!!
スニーカー文庫

落第賢者の学院無双
～二度転生した最強賢者、400年後の世界を魔剣で無双～
白石 新
Illustration
魚デニム
絶望から400年――
世界は最強賢者に跪く！
シリーズ好評発売中
スニーカー文庫